Julio Camba

Ich tauge nicht zum Deutschen

Beobachtungen eines Spaniers
in Deutschland (1912–1914)

Übersetzt, herausgegeben und mit einem Vorwort versehen
von Andreas Lampert

Regenbrecht Verlag

Bibliografische Information der Deutschen Bibliothek
Die Deutsche Bibliothek verzeichnet diese Publikation in der
Deutschen Nationalbibliografie; detaillierte bibliografische Daten
sind im Internet über http://dnb.ddb.de abrufbar.

Umschlagentwurf: Carlo Nordloh

ISBN: 978-3-943889-87-1

2. Auflage (Erstaufllage 2016)

Herstellung: BoD – Books on Demand, Norderstedt

Für Beatriz

Vorwort

Die hier vorliegenden Texte von Julio Camba erschienen von Mai 1912 bis zum Ausbruch des Ersten Weltkriegs in den spanischen Zeitungen *La Tribuna* und *ABC*, für die er als Auslandskorrespondent in Deutschland tätig war.

Wer ist dieser in Deutschland so unbekannte Autor? An Bewunderern fehlt es ihm nicht. Ortega y Gasset schreibt über ihn: »Camba ist der *lógos*, die reinste und eleganteste Intelligenz Spaniens.« Miguel de Unamuno preist ihn ebenfalls: »Camba ist ein keltischer Philosoph; ich bin ein iberischer Philosoph. Was für ein Hochgenuss für unsere kelto-iberischen Leser!« Ramón Pérez de Ayala schreibt: »Camba war das, was die Franzosen ein Enfant terrible nennen. – Er sagt auf naive Weise die ungeschminkte Wahrheit und er zeigt, wie lächerlich all die falschen Freuden, die Heucheleien und Effekthaschereien der sogenannten wohlerzogenen, ernsthaften und korrekten Menschen sind.« Josep Pla schreibt: »Er war ein Schriftsteller mit englischem Humor. Dickens und Chesterton kannte er sehr gut. Er war eine außergewöhnliche Person mit einer phänomenalen Beobachtungsgabe.«

Laut den Akten der argentinischen Polizei ist Julio Camba ein »refraktäres und unerwünschtes Element«. »Refraktär« ist ein bei näherer Betrachtung sehr schönes Wort. Es stammt vom lateinischen *refractarius* ab, das übersetzt »widerspenstig, halsstarrig, steif« bedeutet. Eigensinn schwingt in ihm mit, Unempfindlichkeit gegenüber äußeren Reizen, Unempfänglichkeit. Refraktär ist einer, der persistent ist, widerstandsfähig. In der Medizin bezeichnet es eine Krankheit, die auf eine Behandlung kaum oder nicht anspricht. Als Refraktärphase wird die postkoitale Müdigkeit nach dem Orgasmus bezeichnet. Im Spanischen ist »refrectario« unter anderem auch mit »feuerfest« zu übersetzen.

Doch sind gewöhnlich Organe der staatlichen Exekutive sehr wenig an etymologischen Details interessiert. Für die Staatsmacht war Camba schlicht ein »anarchistischer Agitator«, der am Generalstreik in Buenos Aires 1903 teilgenommen hatte und daraufhin des Landes verwiesen wurde. Die

Polizeiakte vermerkt: »Julio Andrés Camba; Vaterland: Spanien; Heimatdorf: Pontevedra; geboren am ... im Jahre 1884; Größe: 1,62 Meter; normaler Körperbau; weiße Hautfarbe; helles kastanienbraunes Haar; kurzer Vollbart; braune Augen; ledig; Beruf: Journalist; besondere Kennzeichen: kleiner Leberfleck auf der Halsschlagader.«

Camba, Jahrgang 1884, fiel schon als Schüler als sehr eigensinnig auf. Einem Lehrer, der seine Schüler als pädagogische Erziehungsmaßnahme mit dem Ellenbogen ins Gesicht zu schlagen pflegte, bot Camba Gegenwehr, indem er sich seine Hand, in ihr eine metallene Schreibfeder, »wie eine Lanze« vor sein Gesicht hielt. Der Lehrer musste im Krankenhaus behandelt werden, aus seiner Wunde »lief Tinte«.

Später versuchte man ihn vergeblich auf ein Priesterseminar zu schicken, der vorwitzige Junge antwortet altklug und impertinent: »Meine Ideen erlauben es mir nicht, Pfarrer zu werden.« Seine Ideen flüsterten ihm Voltaire, Stirner und Nietzsche ein. Mit 12 Jahren beginnt er auf väterliche Anweisung in einer Apotheke zu arbeiten. Im Hinterzimmer trafen sich Freidenker, der junge Camba lauscht gespannt ihren Debatten. Mit 15 Jahren erscheinen seine ersten Artikel und Gedichte in der kleinen Zeitung *La idea moderna. Diario democrátio de Lugo*. Er wird sein ganzes Leben lang in Zeitungen schreiben.

Mit 16 verlässt er als blinder Passagier Spanien in Richtung Argentinien und gerät in Kontakt mit anarchistischen Kreisen. Er schreibt dort für verschiedene linke Zeitungen, doch mischen sich schon früh verstörende Töne in seine Kolumnen: »Die Anarchie war für uns weniger ein philosophisches Konzept als eine sentimentale Unterhaltung.« Wie für de Quincey das Opium war für Camba die Anarchie ein Betäubungsmittel, ein »gerechtes, subtiles und mächtiges Gift«. Manche sagen, dass sich nur diejenigen Menschen in die Wirklichkeit flüchten, denen es an Fantasie mangelt. Und es scheint, Camba wusste, dass die Träumer womöglich viel wacher waren: »Kein Opiumraucher, kein Absinthtrinker, kein Morphinist und kein Haschischraucher hat Träume gehabt, die von herrlicheren Visionen bevölkert waren als denen, die den großen Traum des Anarchismus bevölkern. Die Anarchie ist auch eines dieser künstlichen Paradiese, die es wert sind, dass man ihnen einen Besuch abstattet, wenn man sie in der Wirklichkeit nicht vorfindet.« War sich Camba schon damals bewusst, dass zwischen Traum und Trugbild oft nicht zu unterscheiden ist? Als Baudelaireleser kannte er wohl auch die Anekdote, dass Baudelaire in den Wirren der Revolution auf den Barrikaden nicht für die Republik, sondern gegen seinen Stiefvater Aupick anschrie und es unklar wurde, was persönliches Ressentiment und was politische Einstellung war. Bosheiten und Noblesse mischen sich früh bei Camba.

Ein anderer Text handelt von einem philosophischen Kater, der gewisse Ähnlichkeiten mit seinem Besitzer hat: »Ich muss euch sagen, dass mein Kater ein abgrundtiefer Skeptiker ist. (...) Er erkennt nur eine einzige lebendige Wirklichkeit an – die seine. (...) Ich habe beobachtet, dass mein Kater die von Menschen geschriebenen Bücher zutiefst verachtet. (...) Niemals hat er ein Vorurteil gegenüber den Dinge, er akzeptiert sie, solange sie ihm Wohlgefallen erzeugen und er verlässt sie, sobald sie ein leichtes Unwohlsein hervorrufen. (...) Er liebt die Sonne und liebt all das, was zu einer größeren Intensität seines Lebens beitragen kann. Der Rest verdient nur seine völlige Verachtung. (...) Und hier sieht man, weshalb mein Kater noch ein Wilder ist. Glaubt ihr, dass es bislang noch nicht genügend Generationen von Katern gegeben hätte, um eine Zivilisation wie die unsre zu bilden? Aber mein Kater will nicht zivilisiert sein. Seine Philosophie ist eine Philosophie des Animalischen. Jenes Privileg, Streichhölzer anzuzünden, Zeitungen zu lesen und Witze zu machen, das Gautier als die größte Errungenschaft des Menschen pries, verträgt sich nicht mit der Ernsthaftigkeit meines Katers. (...) Würde mein Kater sich zivilisieren, hätte er Überzeugungen und Glauben. Und dann wäre er schon nicht mehr glücklich. Unsere Glaubensvorstellungen bilden eine Kette, die unsere Entwicklung im Leben verlangt. Wir glauben an Gott, wenn dies nicht der Fall ist, glauben wir an die Moral (...) oder an die Tugend, oder an die Ehre oder an irgendeine andere Sache. Wenn wir reden, verstehen wir uns nicht, werde ich, Larra paraphrasierend, sagen. Und so geschieht es, dass wir uns immer entfernt von uns befinden, wir tendieren dazu, unsere Natur auf Kosten unserer Animalität abzuändern. Niemals werden wir unser eigenes Leben leben.«

Man darf sich nicht täuschen lassen. Der Kater ist auch, man muss ihn nur aus einer anderen Blickrichtung betrachten, Egoist, Autist, er ist vielleicht sogar falsch, verschlagen und ein Opportunist, vielleicht ist er sogar einsam und fremd in dieser Welt.

Camba kehrt nach seiner Verurteilung nach Spanien zurück und engagiert sich in den folgenden Jahren weiterhin für linke Zeitschriften. In Karl Kraus'scher Manier wird er allein die Zeitschrift *El rebelde* herausgeben, mit prominenten Figuren wie Kropotkin zusammenarbeiten. Seine berühmtesten Texte schrieb er jedoch als Auslandskorrespondent. Er lebte in Paris, London, Berlin, Konstantinopel, New York. Er schreibt nicht mehr als offen politischer Autor, er schlüpft vielmehr in die Rolle des Zaungasts des Lebens, er beschreibt das Leben in den Hauptstädten der Welt und sendet seine Kolumnen nach Madrid. In den 1910er Jahren war er einer der beliebtesten und bestbezahlten Zeitungsschreiber seines Landes. Er bereist die Welt und mokiert sich über sie. Der Stil seiner Kolumnen über das deutsche Leben ist nie von einem völlig seriösen Ton geprägt, aber vielleicht ist eben genau das gleichzeitige Ernstnehmen und Unerstnehmen aller und von allem das Cambasche Geheimrezept und heimlicher literarischer Anarchismus. Sein Schreiben – wenn es denn eine Konstante gibt – ist von einem sehr scharfen Humor gekennzeichnet. Nichts und niemand wird verschont, keine Autorität wird akzeptiert, im Gegenteil, sie wird genussvoll verspottet.

Aber worüber handeln die Texte? Camba beobachtet und beschreibt und er vergleicht. Er sieht in kleinen Details das Symptomatische und die großen Irrtümer einer Gesellschaft, und in den scheinbar großen Gesten von Personen und Ländern erkennt er das Kleine und Kleinliche. Er spielt mit Stereotypen und führt diese ad absurdum, immer im Wissen, dass die Realität in Wirklichkeit stets komplizierter ist, als irgendein System einen glauben lassen will, er weiß, dass man an die Stelle von alten nur neue Irrtümer setzen kann. Camba schreibt über alles und nichts: Er erzählt von Kaiser Wilhelm und entwirft eine »Kritik der reinen Dummheit«, berichtet von Nietzsche und dem Oktoberfest, gigantischen Zwergen und musikalischer Sensibilität, beklagt den Mangel an Kultur und kämpft mit Verdauungsbeschwerden nach dem Verzehr bellender (oder deutschsprechender?) Würste, schreibt über Tirpitz und die Lächerlichkeit des deutschen Nationalismus, das *Café Größenwahn* in Berlin, über die Verbotshörigkeit der Deutschen, über deutsche Gutmütigkeit und Gehröcke, deutsche Brutalität und deutsches Bockbier, über deutsche Küche und deutschen Hoch- und Kleinmut, über den normalen Wahnsinn des Kaiserreichs und dessen wahnsinnige Normalität, den von ihm verehrten Heine und das zu schwere Gewicht deutscher Ideen, das methodische deutsche Chaos, lacht mit Mark Twain über die monströse deutsche Grammatik und Sprache, und er stellt Vergleiche zwischen Deutschen, Spaniern, Franzosen, Engländern, Amerikanern und Italienern an – bei denen keine Nation gut davonkommt.

Nie kommt es in seinen Texten zu einer endgültigen Wertung, Camba wackelt an Podesten, stößt hier und da eine Idee vom Thron, eine Person vom bürgerlichen Ohrensessel, jagt einen König aus seinem Schloss oder zieht einen Kaiser oder einen Bürger an seinem Bart. Aber gleich schlendert er vergnügt weiter, um sich über die nächste alltägliche Wunderlichkeit zu amüsieren und auch sie ins Absurde zu wenden, und verliert keine Zeit damit, neue Götzen anzubeten. Camba folgt Heines Forderung nach »Gottesrechten für den Einzelnen«, »Menschenrechte für das Volk« sind nicht das Spezialgebiet dieses Dandys. Doch schon ist man geneigt, den großen Antisystematiker Camba in ein neues System zu pressen – was nie gelingen kann. Camba war zu eigensinnig und zu sybaritisch-aristokratisch veranlagt, um sich je in Gruppen einzugliedern, schon das Regime einer Ehe war seiner Lebensart zugegen, er blieb immer Solitär. Seine Texte, wie die Titel zweier seiner späteren Bücher andeuten, gehen *Über beinahe alles* und sie gehen *Über beinahe nichts*, sie sind eine Mischung aus Leichtigkeit und spielerischem Geist, dessen

Konfrontation mit deutscher mentaler Tapsigkeit und Trägheit und Rigidität nur komisch enden kann.

Als 1936 in Spanien die Republik ausgerufen wird, hält sich Camba in New York auf. Er kehrt nach Madrid zurück und erhofft sich nun einen Botschafterposten im neuen politischen System – der ihm aber verweigert wird. Camba beginnt nun – vielleicht auch aus gekränkter Eitelkeit – Seite um Seite bissiger (aber oft gerechtfertigter) Kritik an der neuen Regierung zu üben. Man fühlt sich etwas unbehaglich beim Lesen dieser Texte: Aus dem Individualisten Camba, der wie sein Philosophenkater sich mit niemand gemein macht, wird, wenn auch nur für wenige Artikel, ein Kritiker der Linken und Parteigänger der konservativen Revolution, und oft genug bleibt einem das Lachen im Halse stecken, wenn man Cambas Beiträge aus dem Spanischen Bürgerkrieg liest. Cambas Beschreibungen der Lust an Grausamkeit während der Revolution sind schwarzhumorig, weil sie erschreckend wahr sind. Die Revolution als brutaler Rausch, Ideologie als Rechtfertigung für Massaker:

»Der Krieg ist der Krieg und die Revolution ist die Revolution. Die Revolution ist eine Riesengaudi, eine Orgie, ein Bacchanal, das nichts mit dem Krieg zu tun hat. Es werden Schüsse abgegeben. Schinken werden gegessen. Priester werden ermordet. Man muss mit anständigen Bürgern in der Stierkampfarena kämpfen oder sie in die Schöpfräder der Bauern einspannen. Der Wein fließt in Strömen, und noch mehr als der Wein berauscht einen das Blut, das fließt.«

Camba lehnte rigoros sowohl die Massenbewegungen des Faschismus als auch des Kommunismus ab und wird im heutigen Spanien als einer der wenigen linken Schriftsteller gewürdigt, die schon früh auch die Heilsversprechen der linken Revolution misstrauisch beäugten. »Es war die Republik, die uns um die Republik betrogen hat«, schreibt Camba und weist mit diesem Satz auf einen wunden Punkt der spanischen Geschichte hin. Auch im Spanischen Bürgerkrieg war nicht alles schwarz und weiß, Teile der spanischen Linken, die oft nur Handlanger sowjetischer Interessen waren, waren nicht weniger korrupt, brutal und machtgierig als die Rechte, und betrachtet man den Bürgerkrieg aus historischem Abstand, fällt es schwer zu entscheiden, wem überhaupt moralische Lorbeerkränze unbesorgt zugeworfen werden können.

Nach dem Bürgerkrieg wendet sich sein Schreiben erneut privaten und mehr oder minder unpolitischen Angelegenheiten zu. Es wurde zunehmend schwierig, in der Militärdiktatur Francos nicht der Zensur zum Opfer zu fallen. Anstatt sich aber zu einem Regimepropagandisten zu verwandeln, lebte er die 1940er Jahre in Lissabon, wo er zu einem der engsten Freunde Ortega y Gassets wurde. Die letzten Lebensjahre wird er zu einem Sondertarif im *Palace,* einem der Madrider Luxushotels, residieren, jedoch war er mittlerweile kein bedeutender Journalist mehr, er schrieb weiterhin Kolumnen »Über praktisch Nichts« und »Über praktisch alles«.

Was lässt sich für ein Resümee ziehen? Wer war Julio Camba? War er am Ende nur ein Hochstapler, der sich auf Kosten von Zeitungen ein schönes Leben gemacht hat und durch die Welt flaniert ist? War er nun Anarchist oder Egoist? Ein Spötter Heinescher Prägung? Ein trauriger und desillusionierter Dandy? Wilder oder Bürger? Camba war kein Gott, der auch auf krummen Linien gerade schreibt. Er schrieb vielmehr auf krummen Linien krumme, skeptische und schiefe Sätze, die manchmal völlig zutrafen, und manchmal ledglich seine Meinung ausdrückten. Mögen andere ihn moralisch begutachten, ich glaube, man sollte sich am Ende daran erinnern, dass Moral und Literatur noch nie in einer völlig harmonischen Beziehung zueinander standen. Der Fall Camba scheint zu bestätigen, dass moralische Literatur in etwa ein solches Unding ist, wie ein serviler Kater oder ein guter Mensch.

Ich bedanke mich insbesondere bei Olga García für die große Hilfe bei der Übersetzung, zusätzlicher Dank geht an José Aníbal Campos und Claus Küsters, Sara Bangert und Martin Regenbrecht. Grüße gehen an meine Eltern, Vitzliputzli, Don Pascualino, Rodolfillo, Donpignon, Mateo, Ricardito und alle, die ich an dieser Stelle bewusst oder unbewusst nicht nennen kann oder will.

Andreas Lampert

Beobachtungen eines Spaniers in Deutschland

Im Erdgeschoss

Europa ist ein Mehrfamilienhaus. Im Erdgeschoss wohnen die Deutschen. Sie haben sich gut eingerichtet, wenn sie auch offenkundig einen sehr schlechten Geschmack bekunden. Es sind erst neulich Zugezogene, für die niemand sonderliche Sympathien zeigt. Sie arbeiten viel und verdienen Geld, aber sie wissen nicht zu leben. Und sie essen so manche ekelerregende Schweinereien. Ihre Dienstboten, die Polen, sprechen hinter ihrem Rücken sehr schlecht über sie.

Hinten, in einem abgetrennten Anbau, lebt die englische Familie. Ein wenig hochmütige Leute, aber sie haben sehr gute Manieren. Sie führen ein patriarchalisches Leben. Um elf Uhr abends sieht man kein einziges Licht mehr im Anbau brennen. Die Männer arbeiten den ganzen Tag, die Mädchen machen *sport* und trinken Tee. Sonntags singt die ganze Familie Psalmen. Man hört niemals einen Mucks in der Wohnung der Engländer. Wenn sie sich vergnügen, machen sie das mit großer Verschwiegenheit. Manche sagen, sie langweilen sich sehr. Andere versichern, sie würden das Leben trinkend zubringen. Klatsch und Tratsch aus dem Innenhof des Mehrfamilienhauses! Sicher ist, dass diese Engländer wirklich vornehme Leute sind. Wenn sie zufällig einen der Deutschen aus dem Erdgeschoss treffen, schauen sie ihn mit Geringschätzung an, denn das ist ein Gefühl, für das selbst die Deutschen nicht vollkommen unempfindlich sind. Die Franzosen wohnen im ersten Stock. Es sind fröhliche, sympathische und gesprächige Menschen. Sie verbringen den Tag damit, zu tanzen und zu essen.

Diese Franzosen sind sehr demokratisch, sagt die Pförtnerin.

Sie haben viel Geld, aber sie werfen es nicht zum Fenster hinaus. Sie verlieren niemals den Verstand, mögen sie scheinbar noch so verrückt sein.

Manchmal beschweren sich die Nachbarn über die Freizügigkeit der Sitten, die in der Wohnung der Franzosen zu herrschen scheint. Dennoch statten alle ihnen von Zeit zu Zeit einen Besuch ab, weil man in der Wohnung der Franzosen immer eine sehr gute Zeit verbringt. Das Essen ist exzellent, die Mädchen sind bezaubernd. Selbst die Engländer verlassen unter dem Vorwand, irgendein Geschäft abwickeln zu müssen, mit einer gewissen Regelmäßigkeit ihren Anbau. In Wirklichkeit wollen sie die Französinnen sehen und einige Gläser Champagner trinken. Die, die sich dagegen sehr schlecht mit den Franzosen vertragen, sind die Deutschen.

Im zweiten Stock wohnen die Italiener. Ihre Wohnung ist wirklich ein Kunstwerk, in allen Ecken stehen Statuen und überall hängen Gemälde. Man sieht, dass diese Leute eine großartige Geschichte gehabt haben, aber momentan geht es ihnen nicht so gut. Sie verbringen ihre Tage damit, Romanzen zu singen und Klavier zu spielen, womit sie die Nachbarschaft ziemlich stören. Die Mädchen lernen alle Gesang und Rezitationskunst. Sie essen so manches zwiebelbeladene Gericht. Wenn man an der Haustür der Italiener vorbeigeht, tränen einem wegen der Zwiebeln und der Musik die Augen.

Es gibt noch viel mehr Nachbarn im Haus. Es gibt Russen, die ein riesiges und kaltes Stockwerk bewohnen, vielleicht zu groß für sie, und die Griechen und die Türken und die Österreicher. Die Spanier sind auf dem Dachboden. Wir leben zwischen Spinnweben und alten Möbelstücken. Jeden Tag sagen wir, wir würden das Stockwerk renovieren; aber wir tun es niemals. Wir stehen sehr spät auf und haben vollkommen zu Recht den Ruf, faul zu sein. Wenn einer von uns dem ersten Stock, dem Erdgeschoss oder dem Nebengebäude einen Besuch abstattet, legt er das Verhalten eines großen Herrn an den Tag, so als ob die Leute, die uns empfangen, nicht wüssten, dass unsere Wohnung in Wirklichkeit ein Dachboden ist. Danach geht er auf seinen Dachboden zurück und ist traurig. Manchmal will er sich aufmachen, die Spinnweben wegzufegen; aber die anderen Spanier protestieren. Wir sind völlig blank. Wir sterben vor Hunger.

— Warum arbeiten Sie denn nicht?, fragen uns die anderen Nachbarn.

— Als ob Leute unserer Abstammung sich dazu aufraffen könnten, zu arbeiten. Für wen halten Sie uns?

Ich schreibe diese Zeilen aus dem Erdgeschoss, wo ich nun einige Zeit verbringen werde. Tatsächlich, diese Herrschaften sind wirklich besser eingerichtet als wir und sie essen mehr und haben viel mehr Kraft; aber ich beneide sie nicht. Wir, die Mieter vom Dachboden sind *hidalgos*[1], die niemals jemanden beneiden.

Gestatten, mein Name ist Camba

Wenn ein Deutscher einen Raum betritt, sei es ein aristokratischer Salon oder ein Gasthaus, macht er eine tiefe Verbeugung und sagt:

— Gestatten, mein Name ist ... (Hier erfolgt der Name des Deutschen).

Auch ich wollte mich beim Eintreten in die Redaktionsräume von *ABC* auf deutsche Art vorstellen. Stellen Sie sich vor, wie ich in einem schlecht geschnittenen Frack schlurfend auf Sie zugehe. Schlagartig bleibe ich stehen und beuge mich mit einer martialischen Bewegung nach vorne, als ob ich von Ihnen einen militärischen Befehl entgegennehmen wollte, und rufe dann etwas aus. Das alles nicht ohne ein gewisses hohles Pathos.

— Gestatten, mein Name ist Camba.

Die Deutschen pflegen auch noch über andere Dinge zu reden: was sie arbeiten, was sie verdienen ... Vor zwei Jahren hielt ich Einzug in die Redaktionsräume einer Zeitung in Madrid, so wie heute in die Redaktion der *ABC*, und ich teilte ihren Lesern mit, was ich verdiene. Bald darauf veröffentlichte die Zeitung mein Foto, die Mädchen schauten mich an und sagten:

— Na, er ist recht dick.

---

1   *hidalgo* = Edelmann

— Naja, der Kerl verdient wohl genug. Er hält sich ganz ordentlich!

Und alle, bis hin zu Seiner Hoheit, dem König, erzählten sich, dass ich hervorragend bezahlt wurde.

Den Lesern von *ABC* werde ich nicht mitteilen, was ich verdiene, esse oder wiege; aber ich möchte, dass sie sich meinen Namen merken und sich bald mit mir bekannt machen. Bei einer Zeitung anzufangen, ist wie sich in den Schoß einer unbekannten Familie zu begeben. Ich traue mich nicht, Witze zu machen. Während der ersten Tage befinde ich mich in der Situation eines schüchternen Menschen, der, gerade erst der Familie vorgestellt, mit zusammengekniffenen Beinen stumm dasitzt, ein dummes Gesicht macht, übers Wetter spricht und für meteorologische Fragestellungen ein Interesse zeigt, das er in Wirklichkeit nicht im geringsten besitzt. Wenn jemand diesem schüchternen Menschen sagt, er solle von dem, was ihm an besagtem Tag zugestoßen sei, erzählen, irgendeinen lustigen Schwank, wird der schüchterne Mensch nervös zu erzählen beginnen, er wird es sehr schlecht machen und bei all dem eine lächerliche Figur abgeben.

Ich bin ein sehr schüchterner Schriftsteller. Ich schreibe Artikel so wie ich Briefe schreibe und es steht fest, dass ich, wenn ich mich zum ersten Mal an die Leser von *ABC* wende, nicht so schreiben werde wie an einen alten Freund. Ich muss erst wissen, dass mich mein Leser bereits kennt, nachsichtig gegenüber meinen Vorlieben und Abneigungen ist, und sie, gewöhnt an meine kleinen Paradoxien, nicht völlig ernst nimmt; er muss meine Sätze wie die eines Freundes lesen, den man, anstatt sich über ihn zu ärgern, liebevoll belächelt und sich sagt:

— Was für eine Dummheit ist ihm jetzt schon wieder in den Sinn gekommen!

Mir kommen viele Dummheiten in den Sinn, und wenn ich Vertrauen zu den Leuten geschöpft habe, dann erzähle ich sie ihnen auch. Es kommt schließlich darauf an, sich die Zeit zu vertreiben, und ich möchte keine Dummheit verschweigen, nur damit ich als ernster und verständiger Mann gelte.

Gestatten, mein Name ist Camba und im Grunde bin ich ein guter Kerl. Ich habe einen deutschen Frack, aber Besserwisserei und Geziertheit liegen mir fern. Das Bild, das ich Ihnen von Deutschland zeichnen werde, aus jenem Berlin, in das ich von *ABC* geschickt wurde, wird immer ein persönliches Bild bleiben und deswegen ist es nötig, dass Sie, bevor ich meinen Dienst antrete, wissen, dass Sie mich niemals völlig ernst nehmen dürfen. Niemals völlig ernst und niemals völlig unernst.

Kolossal!

Ein kleiner Taugenichts aus Granada sah einmal einen Fremden, der vor der Alhambra stehengeblieben war und dessen Mund in regelmäßigen Abständen aufklappte und ausrief:
— Kolossal
— Sie sind Deutscher, was?
— Ja. Woher weißt du das?
— Ich weiß es, weil, sobald ein Deutscher zur Alhambra kommt, er anfängt »Kolossal, kolossal!« zu schreien.
Wenn ein Deutscher irgendein Ding bewundert, sagt er, um auszudrücken, dass dieses Ding bewundernswert ist, »kolossal«; »kolossal« und »bewundernswert« haben auf Deutsch die gleiche Bedeutung. In Wirklichkeit bewundert der Deutsche ausschließlich kolossale Dinge.
— Heute Nachmittag habe ich Unter den Linden eine Frau gesehen ... Kolossal!
Und man stelle sich eine dieser wahrhaft kolossalen Frauen vor, deren enormes Ausmaß dafür gemacht worden zu sein scheint, dass man sie ohne Weiteres als überlebensgroße Statue an das Frontispiz einer Häuserfassade hängen könnte, ohne dass sie dort einem Passanten auch nur im geringsten fehl am Platz erschiene.
Manchmal bin ich es selbst, der auf Deutsch von einer Frau spricht. Ich bin ein wenig unsicher in der Sprache, probiere verschiedene schmeichelhafte Adjektive aus, bis irgendein Deutscher auftaucht und mir das Hauptadjektiv vorschlägt.

— Kolossal, was?

Und wenn es sich um eine Pariserin handelt, fügt der Deutsche hinzu:

— Ja, die Pariserinnen sind wirklich kolossale Frauen.

Können Sie sich vorstellen, wie sich ein deutsches Pärchen gegenseitig »kolossal« nennt? Nicht etwa »mon petit poulet« oder »querídito mío« oder »my little thing« oder alle diese Verkleinerungsformen, die die Zärtlichkeit der nicht deutschen Verliebten hervorbringt, sondern:

— Mein Koloss!

— Mein altes Schlachtross!

Die Art und Weise, wie die Deutschen »kolossal« sagen, ist absolut bemerkenswert. Sie öffnen den Mund unglaublich weit und sprechen dann die einzelnen Silben sehr langsam aus. Je nachdem, um welchen Gegenstand es sich handelt, verwenden die Deutschen mehr oder weniger Zeit dafür, »kolossal« zu sagen. Das Wort »kolossal« klingt niemals kolossaler als aus einem deutschen Mund.

Davon können Sie sich mittels der deutschen Rechtschreibung des Wortes überzeugen. Die Deutschen schreiben nicht wie wir Spanier »colosal« mit einem c, das ein völlig unbedeutender Buchstabe ist, sondern mit einem k und anstatt mit einem s schreiben sie zwei: »kolossal!« Die deutsche Rechtschreibung ist etwas wie die deutsche Architektur, die ausschließlich Gebäude gigantischen Ausmaßes hervorbringt. Die deutschen Gebäude scheinen tatsächlich stets mit einem k anstelle eines c und stets mit einem Doppel-s anstelle unseres spanischen einfachen s gebaut zu sein. Außerdem sind es gotische Gebäude, wie das des *Berliner Tageblatts*. Es sind kolossale Gebäude.

Die Berliner

Die Berliner sind ein wenig wie die Gebäude Berlins: groß, schwer und sauber, sie sehen gut, aber zu neu aus. In unserem Land sind die Gebäude und die Menschen schmutzig und verwahrlost. Sie haben weder die Widerstandsfähigkeit noch den Glanz der Gebäude hier, aber sie haben ein Aussehen, einen Charakter, einen Geist, was ihnen einen außerordentlichen Wert verleiht. Hier fehlt es den Häusern an nichts: weder an einem Aufzug noch an einem Bad noch an elektrischem Licht noch an heißem Wasser. Den Menschen genauso wenig. Generell haben sie ein wenig Geld und ein wenig Allgemeinbildung.

Dennoch, an der Bevölkerung Berlins vermisst man, was man an der Stadt vermisst: eine Physiognomie. Berlin hat keine Physiognomie, genauso wenig wie die Berliner eine haben. Die Berliner sind Menschen von guter Konstitution, vor allem nach deutscher Art konstituiert und demgemäß von kolossalen Dimensionen, aber man sieht, dass sie noch grün hinter den Ohren sind. Die blauen Augen haben manchmal eine militärische Härte, und wenn ihnen diese Härte fehlt, sind sie von einer absoluten Unschuld. Dieser Typ Berliner ist groß, stark, robust und rotgesichtig. Ich möchte nicht behaupten, dass ihm etwas fehlen würde: Es mangelt ihm weder an Herz noch an Intelligenz oder Kultur. Auch den Gebäuden fehlt es an nichts, sie sind sehr gut möbliert. Aber Gebäuden wie Menschen fehlt ein gewisser Hauch vergangener Zeit. Die Zeit muss diesen so weißen Dingen etwas Patina geben, einige Ziegel zerschlagen, einige Türen aus den Angeln heben, und innen muss sie die Leuchtkraft der Farben abschwächen, einige unnütze Möbel beseitigen und die Zimmer Ton in Ton mit ihren Bewohnern setzen. Das alles muss die Zeit mit Berlin noch machen und es ist schade, dass die Zeit nicht mit größerer Eile arbeiten kann. Was die Berliner angeht, so wird erst die Schminke auf ihren Wangen etwas verblassen müssen, man muss sie altern und leiden lassen und ihren Augen und Mündern Ausdruck verleihen und diesen auch dem Mobiliar geben; das ist es, was fehlt. Um der Zeit bei dieser Aufgabe etwas behilflich zu sein, möchte ich vorschlagen, dass sich die Deutschen in Zukunft nicht mehr baden. Im Tiergarten gibt es einen Spazierweg, den 32 aus weißem Marmor geformte Statuen des Hohenzollerngeschlechts schmücken. Auf kaiserlichen Befehl wäscht man diese Statuen jedes Jahr und so scheinen sie stets nagelneu zu sein. Sie kommen mir vor wie als Statuen verkleidete Menschen, wie ich sie sonst lediglich im Theater gesehen habe. Eine Statue ist die Darstellung des Menschen in der Ewigkeit und ihre Wirkung wird umso größer sein, je mehr man ihr das Verstreichen der Zeit ansehen kann. Das Berliner Volk hat noch nicht verlernt, die lächerliche Seite der kaiserlichen Verordnungen zu sehen, und anstatt den Spazierweg »Siegesallee« zu nennen, hat es ihm den Namen »Puppenweg« gegeben. Die Berliner haben recht. Die Statuen sollten sich nicht waschen dürfen und die Menschen ebenso wenig.

Seitdem ich in Berlin angekommen bin, beobachte ich die unterschiedlichen Typen von Menschen mit großer Neugierde. Wäre ich Zeichner, würde ich Ihnen, verehrte Leser, einige pittoreske Skizzen anbieten können. Der Typ des neuen, strahlenden flammenden und rotgesichtigen Berliners ist nicht der einzige Typus, der in Berlin existiert. Es gibt auch den Professorentypus: In imposanten Schuhen und mit einem offenen, in alle Windrichtungen wehenden Gehrock, mit einem schmalkrempigen Zylinder, einer Brille und viel Haar trägt er einen Bauch umher, der mehr aus Bier als aus Fett besteht. Dieser Typus des deutschen Gelehrten ist vor allem unter den Kutschern anzutreffen.

Was sich leider in einem Stadium großen Verfalls befindet, ist die Mode des Kaiserschnurrbarts. Und wo bleibe ich nun, ich, der ich meinen Pariser Freunden einen Artikel über diese Schnurrbärte versprochen hatte! Praktisch alle jungen Deutschen rasieren sich heutzutage den Bart entweder vollständig oder sie lassen sich in einer Amerika verherrlichenden Geste nicht mehr als einen Zentimeter Schnurrbart an der Lippenoberseite stehen. Die Offiziere haben diese Mode eingeführt und die Kaiserschnurrbärte bleiben dem Kaiser und den öffentlichen Ordnungskräften vorbehalten, letztere tragen neben dem Schnurrbart einen Helm mit einem Eisenstachel auf der Spitze. Es gibt dennoch noch einige Kaiserschnurrbärte im zivilen Leben, das aber meines Erachtens niemals völlig zivil ist. Manchmal erzeugen diese Schnurrbärte zusammen mit den Narben deutscher Gesichter eine sehr lustige Wirkung. Man sieht ein Gesicht im Profil, mit einem

Kaiserschnurrbart und einer Narbe[2], die vom Mundwinkel bis zum Ohr reicht und es scheint, als ob man einen Komiker ansehen würde, der einen mit einem Gummiband befestigten falschen Schnurrbart trägt.

Über die Berlinerinnen möchte ich momentan nichts sagen, nicht einmal aus architektonischer Perspektive heraus betrachtet. Denn ich strebe gewöhnlich danach, mich vorher gut zu unterrichten.

Deutsche Ideen

Als Candide nach Eldorado kommt, trifft er auf einige Jungen, die mitten auf der Straße mit außergewöhnlich großen Brillanten und Türkisen spielen. Der Reisende ist überwältigt und denkt, dass diese Jungen die Königssöhne des Landes sein müssen. Später sieht er andere Jungen, die mit ebenso riesigen Brillanten und Türkisen spielen, und er begreift, dass Edelsteine in Eldorado nicht den geringsten Wert haben. Alle Straßen sind mit kostbaren Steinen gepflastert, die wie Kieselsteine in der Heimat des Reisenden im Überfluss vorhanden sind.

Heine erinnert an diese Zeilen Voltaires, wenn er von den deutschen Ideen spricht: »Wundern Sie sich nicht – sagt er – wenn Sie viele Ideen in einem deutschen Buch finden. Es gibt nichts Leichteres in Deutschland, als Ideen zu haben. Ideen sind bei uns so häufig wie Edelsteine in Eldorado.« In Deutschland sieht man die Menschen mit so manchen großen Ideen spielen, aber man darf sie deshalb nicht gleich für Gedankenprinzen halten. Tatsächlich sind sie vielleicht in Wirklichkeit Lebensmittelhändler oder Zeitungsredakteure. In Deutschland haben nämlich sogar Zeitungsredakteure Ideen. Deutschland ist das Land des Biers, der Würstchen und der Ideen. Die Deutschen holen sich ihre Ideen von überall her: direkt vom Kaffeehaustisch und sogar in Anwesenheit von Damen. Manchmal vergessen sie die Ideen und lassen sie

---

2   Gemeint sind die Schmisse, Narben der Schnittwunden aus den Säbelkämpfen studentischer Verbindungen.

liegen und der Kellner fegt sie am nächsten Tag zusammen. Die Straßen von Berlin sind mit Ideen gepflastert. In den Restaurants ist es einfacher, ein Beefsteak mit Ideen als mit irgendeiner anderen Beilage serviert zu bekommen, falls einem der Sinn nicht schon wieder nach Pellkartoffeln steht.

Wegen der Ideen kommen wir nach Deutschland. Man kommt an, besorgt sich eine Fuhre Ideen und bringt sie dann nach Spanien, wo sie einen großen Wert besitzen. Dort stellt man mit ihnen dann Dinge her: Man fertigt aus ihnen Bücher, Artikel und Krawattennadeln. Und wie die deutschen Ideen unter der spanischen Sonne leuchten und strahlen! Nicht auszudenken, dass all diese Ideen nicht die geringste Bedeutung haben.

Es ist ein rentables Geschäft, deutsche Ideen nach Spanien zu bringen. Man muss nicht einmal Einfuhrrechte bezahlen. Zugegeben, deutsche Ideen wiegen schwer und der Transport ist teuer. Die Karren ächzen unter dem Gewicht der Ideen und manchmal gibt der Kutscher irgendeine Gotteslästerlichkeit von sich und es stellt sich heraus, dass sie ein perfekt philosophisches deutsches Wort ist.

— Sind Sie Handelsreisender?, fragte man mich im Hotel bei meiner Ankunft in Berlin.

— Ja.

— Sind sie im Strickwarensektor tätig?

— Nein, ich bin Ideenhandelsreisender. Jeden Tag werde ich ein paar Kilo deutsche Ideen nach Spanien schicken.

Ich sehe keine Zivilisiertheit

Ich besaß die Unverschämtheit, einem Deutschen zu sagen, dass ich an Deutschland ein wenig Zivilisiertheit vermissen würde. Der Deutsche war verblüfft. Er sprach vom Schießpulver und vom Buchdruck, zwei deutschen Erfindungen, vom Heer und der Philosophie, Universitäten und *dreadnoughts*[3] und einem Haufen anderer Dinge.

---

3 Großes Kriegsschiff.

— Mein Herr, sagte ich ihm darauf, dies alles hat nichts mit dem Begriff Zivilisiertheit zu tun, so wie ich ihn verstehe. Ich verstehe unter Zivilisiertheit die Kunst, ein Gespräch zu führen, ein Menü zusammenzustellen, einen Salon zu betreten, jemandem Blumen zu schenken oder Zigarren anzubieten, eine Krawatte zu binden oder eine Oper zu hören. Sie verstehen viel von Philosophie, das werde ich nicht abstreiten, aber Ihnen mangelt es einfach an Zivilisiertheit.

Mein Gesprächspartner brach in grobes Gelächter aus. Es war seine Art zu lächeln. Ich fuhr mit meinem Thema fort:

— Ein Zivilisationsprozess ist eine sehr langsame Angelegenheit. So wie ein Mensch nicht wirklich mondän und vollkommenen distinguiert sein kann, wenn er nicht ein wenig altert und nicht ein zumindest ansatzweise müdes und skeptisches Aussehen annimmt, kann auch ein Volk in seiner Jugend nicht schon vollkommen zivilisiert sein. Deutschland hat Macht, Zivilisiertheit jedoch findet man im Süden. Die Franzosen zum Beispiel sind viel zivilisierter als sie. Sie verstehen die Kunst, gut zu leben. Alles, ihre Musik, ihre Philosophie, hat einen leichten Charakter. Deutsche Musik und Philosophie mögen bedeutender sein, sie sind aber weder so angenehm noch so zivilisiert wie die der Franzosen. Den Französinnen wiederum mangelt es an jener erstaunlichen Fruchtbarkeit, die die deutschen Frauen besitzen, aber dies beweist nichts anderes als die exquisite Verfeinerung der französischen Kultur.

— Auch hier werden Sie sehr zivilisierte Frauen finden, sagte mir der Deutsche.

— Erlauben Sie mir, dies zu bezweifeln. Diese Frauen werden wie das Rebhuhn sein, das man mir letztens in einem Restaurant serviert hat. Ein Rebhuhn muss gut abgehangen sein, aber nicht zu viel, seine Verdorbenheit muss wie die einer Frau exquisit sein, damit sie nicht widerlich ist. Mein Rebhuhn verseuchte den ganzen Speisesaal mit seinem Geruch. Ich konnte es nicht essen und musste eine Portion Würstchen bestellen. Anständige und redliche Würstchen und Frauen ganz ohne Zivilisiertheit sind immer noch das Beste, was man in Deutschland finden kann. Ja, mein Herr. Es nützt nichts, dass sich manche deutsche Frauen sich Ihnen wie ein Gericht mit Hautgout präsentieren, man sich den Schnurrbart schneidet, dass es in Ihren Häusern Aufzüge und Badezimmer gibt und man Salz in den Salat tut. Das alles ist noch lange keine Zivilisiertheit. Sie grüßen einen, indem sie den Hut eineinhalb Meter durch die Luft schwenken und glauben dabei, dass man nicht höflicher sein könnte. Man kann jedoch, auch ohne den Hut vom Kopf zu nehmen, noch viel höflicher sein. Zivilisiert sein ist eine Sache des Empfindens. Es ist ein Fühlen, das sich über Jahrhunderte hinweg in den Völkern entwickelt. Jemand kann viel Geld und eine hohe Bildung besitzen und trotzdem ein kompletter Barbar sein.

— Schließlich, fügte ich hinzu, sehen Sie mich an. Ich verstehe nichts von Philosophie, habe keine Ahnung von Integralrechnung und bin dennoch ein zivilisierter Mensch. Mir gefällt der Stierkampf, dieses grausame und blutrünstige Spektakel, und dennoch bin ich ein zivilisierter Mensch. Ich besitze weder Kanonen noch Maschinengewehre, nicht einmal eine vollautomatische Pistole, und dennoch können Sie meine Zivilisiertheit nicht leugnen. Im Süden Europas gibt es etliche Leute, die weder lesen noch schreiben können, die aber dennoch ein Gefühl dafür haben, was Zivilisation bedeutet. Sie hingegen haben lediglich Ihren Kopf und Ihre Muskeln zivilisiert, nicht jedoch Ihr Gefühl, geschweige denn Ihren Gaumen.

Alles ist »Verboten!«

Das erste Wort, das man auf Deutsch lernt, ist das Wort »verboten«. Man spricht es färbootn aus. Alles ist in Deutschland verboten, und zwar nicht auf irgendeine Weise, sondern es ist »polizeilich verboten«. Sogar die jungen Damen, wenn man es mit ihnen auf öffentlichen Plätzen etwas zu weit treibt, sagen:
— Verboten.

Nicht dass sie aus eigenen Stücken gewisse Handlungen untersagen. Ihre Reize wurden von den örtlichen Autoritäten verboten. Wenn man sie ein wenig drückt und sie »Verboten!« sagen, hat es den Anschein, die Polizei hätte ihnen eine kleine Maschine eingebaut, damit sie dies sagen.

— Verboten.

— Polizeilich verboten?

— Jawoll.

Alles ist in Deutschland verboten. Alles. Was würde passieren, wenn über Nacht alle Schilder verschwinden würden, auf denen »Verboten« steht und es am nächsten Tag keine Verbote mehr in Deutschland geben würde? Ich bin geneigt zu glauben, dass nichts passieren würde, die Männer würden nicht versuchen, die Frauen mit ihren Zigarren einzuräuchern, man würde in den Straßenbahnen weiterhin nicht auf den Boden spucken, die Leute würden nicht mit einem Mal beginnen, die Statuen in den Museen kaputtzuschlagen, kein einziger Gesetzesbruch würde im öffentlichen Leben begangen werden. Aber wenn der Deutsche ein gebildeter und geselliger Mensch ist, weshalb lässt er sich dann wie ein Hund an einer Kette herumführen? Wenn die Menschen in Deutschland weder grausame Bestien noch blutrünstige Wilde sind, weshalb muss man ihnen dann in jedem Moment vor Augen führen, dass sie nicht beißen, töten, gesetzesbrechen, vergewaltigen und sich nicht gegenseitig auffressen dürfen? Ich weiß schon, was ein Deutscher darauf antworten würde: »Diese Verbote gelten nur für Ausländer!« So hänge man also ein großes Schild über die deutsche Grenze, auf dem steht: »Deutschland polizeilich verboten«

Lebenslänglich Karneval

Die Deutschen, die sich nach der neuesten englischen Mode kleiden oder sich den Schnurrbart nach amerikanischer Art stehen lassen, diese korrekten, feinen, liebenswürdigen und feierlichen Deutschen scheinen mir verkleidet zu sein. In meiner Vorstellung trägt ein Deutscher immer eine militärische Uniform. Erst und nur dann kommt der echte deutsche Typus zum Vorschein. Seine Bewegungen, seine Haltung, sein Blick, alles harmonisiert auf einmal mit seiner Uniform. Man ist geneigt zu sagen, er ist schon mit einem Soldatenhelm auf die Welt gekommen und nachts lässt er den Kopf und den Helm vor der Tür seines Schlafzimmers liegen, damit sein Adjutant diese mit einundderselben Zahnpasta und Zahnbürste polieren kann.

Ein deutscher Zivilist sieht wie ein Soldat in Zivil aus. Noch seine höflichsten Grüße haben etwas Militärisches an sich. Selbst seine Schritte sind militärisch perfekte Schritte. Im Grunde ist es gleich, ob er sein ganzes Leben oder nur zwei Stunden lang Zivilist ist – sobald er den Hut abnimmt, scheint es, er wolle einen von einem kaiserlichen Helm bedeckten Kopf vorzeigen. Manchmal sieht man auch kahlköpfige Deutsche. Ihre runden und beinahe metallischen Kahlköpfe glänzen wie polierte Helme.

Die Bewegungen des Deutschen sind niemals einfache oder spontane Bewegungen wie die eines Zivilisten. Jeder Deutsche scheint immer einer unsichtbaren Disziplin zu gehorchen, aber in Wirklichkeit machen die Deutschen mit wahrhafter Geschicklichkeit und Spontanität stets nur starre und einförmige militärische Bewegungen. An anderer Stelle sprach ich über die deutsche Zivilisation. Es gibt in Deutschland keine Zivilisation. Alles ist Militarismus. Sogar der deutsche Sozialismus ist militärisch. Alles, was ihn aus- und kennzeichnet, ist militärischer Natur: Ordnung, Disziplin, Organisation ... Ein Kadersozialist, der in Deutschland mit anderen Sozialisten in Reih und Glied steht, hat in der Partei nicht mehr Freiheit als ein armer Soldat im Heer haben könnte. Eine sozialistische Demonstration sieht aus wie ein marschierendes Bataillon.

Ansonsten sind fast alle Deutschen, die nicht beim Militär sind, der sozialistischen Partei beigetreten. Man ist Sozialist, aber man könnte im Grunde ebenso gut Soldat sein. Man gehört einem Heer an, man gehorcht Befehlen, man hat Disziplin. Ein Deutscher ohne Disziplin fühlt sich weder gänzlich frei noch völlig als Herr seiner selbst.

Die gesamte deutsche Bevölkerung ist eigentlich ein einziges großes Heer. Manche Deutsche kleiden sich wie Soldaten, andere wie Zivilisten; aber Soldaten sind sie alle.

Spanische Städte

Kürzlich zeigte ich einem deutschen Fräulein einige Stücke aus meiner Postkartensammlung. Postkarten aus London, Paris, Brüssel, aus der ganzen Welt.

— Mal sehen, ob Sie erraten, mein Fräulein, woher diese Postkarte stammt?

War sie aus London, traf sie ins Schwarze. Die Regenmäntel und die Regenschirme ließen ihr keine Zweifel. Beim Anblick anderer Städte täuschte sie sich hingegen fast immer.

— Und diese, mein Fräulein? Was ist auf dieser zu sehen?

— Oh, das ist eine spanische Stadt, da bin ich mir völlig sicher.

Ich zeigte ihr andere Postkarten.

— Nein, woher diese sind, weiß ich nicht.

Sie legte eine, drei, vier, sieben Postkarten zur Seite.

— Das ist noch eine spanische Stadt. Und diese. Und diese.

— Aber waren Sie denn schon einmal in Spanien? Warum erkennen Sie so schnell eine spanische Stadt?

Daraufhin gab mir das deutsche Fräulein eine bewundernswerte Antwort. Man erkennt den Typus. Auf allen Postkarten, auf denen eine spanische Stadt zu sehen ist, sieht man immer einen Mann, der an einen Laternenpfahl gelehnt ist. Schauen Sie diese Postkarte an. Und dann schauen Sie sich all die anderen Postkarten an, die Sie haben: die von Paris, London, Wien, Brüssel, New York, die Postkarten aus der Türkei. Kein einziger Mensch, der an einen Laternenmast gelehnt ist. Die Spanier sind Menschen, die sich an Laternenmasten lehnen. Und mehr. Die Spanier unterscheiden sich von allen anderen Menschen dieser Welt dadurch, dass sie sich an Laternenpfähle lehnen müssen.

Dies leuchtete ein. Es ist wahr. Verehrter Leser, schauen Sie selbst im Postkartenalbum Ihrer Schwester oder Ihrer Freundin nach und Sie werden sich davon überzeugen können, so wie ich mich davon überzeugt habe, dass die Spanier die einzigen Menschen sind, die sich an Laternenpfähle anlehnen. Es handelt sich dabei um *die* fundamentale Eigenschaft des spanischen Volkes. Dank ihr kann ein deutsches Fräulein aus hundert Postkarten aus aller Herren Länder sofort die einzige spanische Postkarte erkennen. Eine der Konsequenzen, die sich aus dieser Tatsache ergeben: Die Spanier werden sich niemals völlig in Europa einfügen, bevor sie nicht von den Laternenpfählen abrücken und sich anschicken, etwas herumzugehen. Anders gesagt: Um Spanien zu regenerieren, müsste man alle Laternenpfähle aus Spanien hinauswerfen.

Warum lehnt sich der Spanier an Laternenpfähle? Aus Faulenzerei? Ist es seine Philosophie? Fest steht, dass in London oder New York, in Paris oder Berlin keine Möglichkeit dazu besteht, sich an einen Laternenpfahl zu lehnen; einerseits verbietet dies das Klima, andererseits die Aufpasser. In Spanien ist das Klima mild und die Aufseher tolerant. Die Wächter selbst lehnen sich an Laternenpfähle an, weil Autorität unter Spaniern nur eine geringe Rolle spielt. Soll uns einer von Revolution reden. Soll einer sagen, Spanien wird sich ändern. Ich für meinen Teil werde mir die neuesten Fotografien von Spanien ansehen und sagen:

— Nein, meine geliebten Mitbürger, den Spaniern liegt es fern, sich zu abzuplagen. Sie werden weiterhin an Laternenpfähle gelehnt sein.

Doch Vorsicht – es ist gut, an einen Laternenpfahl gelehnt zu sein! »Es ist besser zu sitzen als zu stehen, besser zu liegen als zu sitzen und besser tot zu sein als zu liegen«, sagt ein indisches Sprichwort. Es ist ebenfalls gut, an einen Laternenpfahl gelehnt zu sein. Spanien ist nicht, wie einige sagen, tot. Nein. Es lehnt an einem Laternenpfahl.

Bismarck und die Hunde

Eine leichte Ähnlichkeit

Wenn ein Deutscher sehr energisch ist, sehr energetisch, ähnelt er einer Bulldogge. Bismarcks Typus war vollkommen der einer Bulldogge, aber nicht nur sein Typus, sondern auch seine Moral. Er war ein Raubtierstaatsmann. Wie Bismarck haben alle energischen Deutschen etwas von einer Bulldogge und in den Momenten, in denen sie angesichts einer schwierigen Angelegenheit oder angesichts eines riskanten Geschäfts all ihre Energie konzentrieren und ansammeln, sind sie mehr denn je Bulldoggen. Es gibt Deutsche, die gewöhnlicherweise einer Bulldogge ein wenig, in manchen Momenten aber auf eine schreckliche Art und Weise ähneln. In Luxusetablissements, mit Schlips und Kragen, sprechen sie mit eleganten Frauen, sie gleichen dann jenen Bulldoggen, die gerade in Mode sind: hässlich, plattnasig und entsetzlich. Die Damen streicheln sie heutzutage und es besteht kein Zweifel daran, weswegen: Neben ihnen heben sich die weibliche Schönheit und Vornehmheit umso deutlicher ab.

Ich weiß nicht, wie diese anderen Hunde heißen, ebenfalls plattnasig und gerade in Mode, die aber weder Kraft noch irgendwelche Energie haben: bärtige und sehr fellige Hunde, die Augen und der Mund bedeckt von Fell, sehr ernst, sehr traurig, sehr methodische Hunde, die Weisen ähneln. Diese Hunde reproduzieren haargenau die Physiognomie des deutschen Professors, es fehlen lediglich die Sehgläser und der Gehrock. Ich habe einen dieser Hunde im Zirkus gesehen, als er mit Kreide auf eine Wandtafel mathematische Gleichungen schrieb und ich hatte Lust, zu ihm hinzugehen und mich auf deutsche Art vorzustellen:

— Herr Professor: Darf ich mich vorstellen, mein Name ist ...

Jener so weise, so gravitätische und so disziplinierte Hund, der weder bellte noch mit dem Schwanz wedelte; jener zerzauste und besserwisserische Hund, der mit Verachtung auf die Akrobatenhunde blickte, verdiente einen Katheder an einem deutschen Gymnasium, mit einem Lohn, der es ihm ermöglichte, sich mit einer ebenso gravitätischen Hündin zusammenzutun, die würdig wäre, den Namen des Professors zu tragen: eine traurige Hündin, beamtisch und fruchtbar.

Der weise Hund und der Raubhund: Dies sind die zwei charakteristischsten Hunde Deutschlands. Der weise Hund, der jeden Tag mit mehr Fell bedeckt und mehr auf sich selbst konzentriert scheint, und der Raubhund, jeden Tag plattnasiger und mit kräftigeren Kiefern. Und diese zwei Klassen Hund bellen nicht.

Deutsche Störche

Storchenpostkarten sind in Deutschland sehr beliebt. Ein deutsches Mädchen, das eine Storchenpostkarte empfängt, errötet und spürt, wie in seinem Schoß ein mütterliches Gefühl geboren wird. Der Legende zufolge ist es der Storch, der die leeren Wiegen mit Kindern füllt. Die deutschen Kinder befinden sich im Meer, wo sie, ganz der Gnade der Wellen ausgeliefert, herumtreiben. Der Storch sieht sie und schickt sich an, sie aus dem Meer zu holen. Seine langen Stelzbeine erlauben es ihm, sich ins Meer zu begeben, ohne sich die Flügel nass zu machen. Der Storch pickt eines dieser zitternden Geschöpfe heraus und befördert es, indem er es an seinen Schnabel hängt, in ein wohliges und warmes Heim. Später fliegt er zum Strand zurück und das alles wiederholt sich immer wieder und geht immer so fort. Deutschland hat dank des Storches viele Millionen Deutsche. Der Storch fischt alle diese vor Kälte starrenden und plärrenden zukünftigen Soldaten und Professoren aus dem Meer heraus. All diese kräftigen Offiziere, die der ganze Stolz Deutschlands sind, würden heute nicht existieren, wenn sie nicht an einem weit zurückliegenden Tag der Storch unter einen seiner Flügel gesteckt, gegen sein Storchenherz gedrückt und ihnen eine nach wissenschaftlichen Kriterien und gemäß neuester Verbesserungsvorschläge deutscher Medizinhochschulen angefertigte Babyflasche zum Nuckeln gegeben hätte, während sie alle gemeinsam auf eine dieser reichhaltigen und zarten deutschen Brüste warteten.

Der Storch ist die Rettung Deutschlands und Deutschland bewundert ihn. Ich habe hier das Wohlwollen, das man dem Storch entgegenbringt, aus nächster Nähe miterleben dürfen, als im Zoologischen Garten die Störche ihr Futter erhielten. Die zukünftigen deutschen Mütter konnten, als sie die Störche sahen, ihre Schamesröte nicht unterdrücken. Alle deutschen Mädchen wissen, dass ihnen der Storch früher oder später ein Kind ins Haus bringen wird. Wer wird der Vater dieses Kindes sein? Das ist etwas, das die deutschen Mädchen noch nicht wissen. Es ist aber so, dass sehr viele Hausmädchen und Schneiderinnen, Bankangestellte und Sprachlehrerinnen in der Hoffnung, dass sie der Storch besuchen komme, häufig in den Zoologischen Garten gehen.

Auf den Postkarten sieht man Störche abgebildet, wie sie ein Kind in einen Koffer stecken. Ein anderer läutet am Türglöckchen eines Hauses, wo er als Geschenk ein Kind abliefern möchte. Andere schaukeln zwei kleine Geschöpfe auf ihren Flügeln und schauen sie dabei zärtlich über den Schnabel hinweg an. All diese Kinder sind die Stützen und die Kraft Deutschlands und alle hat Deutschland dem Storch zu verdanken.

Frankreich hat einen Hahn, den *gaulois*, Angeber und Poseur, der glaubt, ein Adler zu sein. Dem französischen Hahn könnte Deutschland gut und gern seinen Storch entgegenhalten, ein ungelenkes und trauriges Tier, das aber seinen Schnabel ins Tintenfass steckt und gerade dabei ist, Seite um Seite der städtischen Volkszählungbögen auszufüllen.

Deutsche Ärzte

Ich habe mit einem spanischen Arzt gesprochen, der in einem deutschen Krankenhaus praktiziert.

— Stimmt es, fragte ich ihn, dass die deutschen Ärzte alles wissen?

— Ah, sie wissen eine Unmenge. Sie können sich nicht vorstellen, wie weise sie sind. Sie studieren und studieren und studieren, es vergehen 10, 20, 30 Jahre, in denen sie sich in allerhand Dingen üben. Sie spritzen einem Kaninchen einen Krankheitserreger und danach geben sie ihm Infusionen. Sie injizieren ihm Wasser, Wein, Bier, Zucker, Salz, Schwefel, Senf, Pfeffer, Milch, Nudelsuppe, Pfirsichkompott, Kaffee, Cocktails, Kampfer, Borsäure, Leim, Kartoffelpüree – und was weiß ich noch für Dinge! Sie legen dabei eine geradezu scheußliche Beharrlichkeit an den Tag. Sie notieren penibel alle Ergebnisse, und am Ende dieser 30 Jahre entdecken sie fast immer etwas Nützliches.

— Sie werden viele Kaninchen töten.

— Viele Kaninchen und viele Menschen. Nirgendwo sonst ähnelt ein Krankenhauspatient einem Versuchskaninchen mehr als in Deutschland. Andererseits ist nirgendwo sonst die Medizin so weit fortgeschritten wie hier.

— Dasselbe scheint in der Architektur vor sich zu gehen. Auch die deutschen Architekten betrachten die Hausbewohner als Versuchskaninchen, heute stecken sie sie zum Beispiel in ein Flachdachhaus, morgen in ein spitzgiebeliges und eines Tages wird den Bewohnern ihr Hausdach auf die Köpfe fallen.

— Von Architektur verstehe ich nichts.

— Ich genauso wenig; aber ich kenne einen spanischen Architekten, der mir gesagt hat, dass es, wenn man Architektur studiert, unerlässlich ist, nach Deutschland zu kommen.

— Das kann sein. Um Medizin zu studieren, muss man jedenfalls hierherkommen.

— Also ich kenne einen deutschen Arzt, der sehr berühmt ist und der, als ich ihm sagte, dass ich Spanier sei, mich fragte, ob Rumänisch eine sehr schwierige Sprache wäre. Er glaubte, wir sprächen Rumänisch.

— Hier kennen sich Ärzte in nichts außer Medizin aus. Was in Deutschland passiert, ist das Gegenteil von Spanien. In Spanien haben wir alle eine Allgemeinbildung und keiner hat eine spezielle. Hier arbeitet ein Arzt wie ein japanischer Maler. Sie wissen schon, es gibt in Japan Kerle, die 80 Jahre damit zugebracht haben, Eidechsen zu malen. Ein japanischer Eidechsenmaler ist bewundernswert. Ein Velazquez, der wiederauferstünde, könnte niemals so gut eine Eidechse malen wie ein heutiger japanischer Eidechsenmaler. Aber ein Maler, der 80 Jahre damit zugebracht hat, Eidechsen zu malen, wird es niemals schaffen, eine Kaffeekanne zu zeichnen; will er eine Kaffeekanne malen, wird es doch wieder eine Eidechse. Das Gleiche passiert den deutschen Ärzten. Ein Arzt, der sich auf Krankheiten der rechten Hand spezialisiert hat, wird in seinem Fach ein Genie werden; wenn Ihnen aber an der linken Hand eine Frostbeule wächst, fällt es Ihnen besser nicht ein, ihn zu konsultieren: Er wird nicht wissen, was zu tun ist.

— Das stimmt.

— Ich wünschte, dass Sie einen Tag lang in mein Krankenhaus kämen. Sie würden eine außerordentlich seltsame Klinik vorfinden. Dort kommen die Kranken an und man zieht sie von oben bis unten aus. Später fragt man sie, was sie denn haben. Kürzlich habe ich einen armen Mann gesehen, den man dazu verpflichtet hatte, sich zu entkleiden, und als man ihn fragte, was er denn habe, zeigte er auf den Daumen seiner Hand und sagte: »Ich habe einen eingewachsenen Nagel.«

— Und, haben Sie etwas gelernt?

— Unter uns gesagt: So wenig wie möglich.

Methodisch bis ins Vergnügen hinein

— Und wenn wir am Donnerstag irgendwo hingehen?

— Mensch, nein! So etwas kann man nicht vorher planen. Damit so etwas klappt, muss es spontan geschehen.

Dieser Dialog findet naturgemäß zwischen zwei Spaniern statt. Egal, ob es sich um ein Picknick auf dem Land, eine archäologische Exkursion oder um einen Spaziergang handelt, bei dem man nach hübschen Mädchen Ausschau hält. Einen Vorschlag betreffs der Zukunft, den man einem Kreis Spanier unterbreitet, wird mit ebendiesem Argument abgelehnt:

— Dinge, die man im Voraus plant, gelingen nie.

Wir Spanier improvisieren alles: unser Vergnügen wie unsere Arbeit. In Spanien arbeitet jeder, bis hin zu den Maurern, aus Inspiration. Hier in Deutschland haben sogar die Poeten Methode. Nirgendwo sonst trifft jene Definition so genau zu, die besagt, das Genie bestehe in viel Geduld. Bevor ich nach Deutschland kam, beunruhigte mich dieser Satz. Ich verstand, dass der Maurerlehrling viel Geduld haben müsse, der Straßenbahnfahrkartenkontrolleur, der Lehrer der Sprachschule Berlitz – aber doch nicht das Genie. Die Deutschen werden Genies, wie Spanier Abgeordnete – durch Geduld, Disziplin und Beharrlichkeit.

Bis hinein ins Vergnügen existiert hier in Deutschland keine Improvisation.

— Gehen wir hin?

— Mensch, ohne sich das gründlich überlegt zu haben ...

Wenn ich auf der Friedrichstraße auf eine Gruppe Deutsche treffe, die sich vergnügen gehen, bleibe ich stehen, um sie mit großem Vergnügen zu beobachten. All ihr Schreien, Gestikulieren und Verhalten sind lange vorher schon perfekt eingeübt worden. Anderen fällt dies auf den ersten Blick auf.

— Wie schwerfällig! Und dieser völlige Mangel an Spontanität!, pflegt irgendein Spanier zu sagen.

Ich versuche, die Deutschen in Schutz zu nehmen:

— Was glauben Sie denn? Glauben Sie, dass diese Leute sich mir nichts dir nichts aufs Geratewohl vergnügen würden? Keineswegs. Dieses Sich-amüsieren-Gehen ist perfekt geplant. Die kleinsten Zwischenfälle sind vor langer Zeit in langen Stunden des Nachdenkens vorausberechnet worden. Nein, um sich zu vergnügen, wie bei allem anderen auch, geht nichts über die Deutschen. Die Methode, mein lieber Freund, die Methode ...

Das Genie ist ein Fall von Dummheit

Man arbeitet viel und verdient nichts

Das Genie ist ein Fall von Dummheit. Um ein Genie zu sein, muss man sehr brutal oder sehr deutsch sein. Ein intelligenter Mensch taugt nicht zum Genie, er kann nicht sein ganzes Leben damit verbringen, Coleropteren[4] zu studieren oder Hieroglyphen zu entziffern. Haben Sie noch nie ein Genie gesehen? Ein Genie ist ein Mensch, der morgens den Kleiderschrank öffnet, die Hand ausstreckt und sagt:

— Ein wenig dunkel heute, aber es regnet nicht.

Später bemüht er sich, den rechten Fuß in den linken Stiefel zu stecken. Zuletzt, mit dem Hut auf dem Kopf, schickt er sich dazu an, unter die Stühle zu sehen und sagt:

— Wo ist denn mein Hut?

Sprechen Sie mit dem Genie nicht über den Balkankrieg, da er nicht weiß, dass auf dem Balkan Krieg ist, noch weiß er

---

4   Wissenschaftlicher Name für Käfer.

von irgendeiner anderen Sache. Er wird immer wie ein Trottel antworten. Ein Genie ist ein Mensch, von dem die Leute stets sagen werden:

— Und das soll ein Genie sein?

Genialität ist nichts anderes als methodisierte Dummheit. Es ist eine Begrenzung der Intelligenz. Sie ist kein Fall von Wahnsinn, sondern von Dummheit. Ich habe schon von Spezialisten gesprochen, die ausschließlich Krankheiten der rechten Hand behandeln und die nicht die geringste Ahnung von Krankheiten der linken Hand haben. Dieser Spezialist kann ein Genie sein, während der intelligente Mensch, der die Fähigkeit besitzt, Ideen miteinander zu assoziieren und zu verbinden, niemals ein Genie sein wird. Das Genie taugt niemals mehr als zu einer einzigen Sache. Wenn ich einen Jungen mit dem Gesicht eines Idioten sehe, der den Tag damit verbringt, Fliegen zu jagen, sage ich:

— Dieser Junge kann ein Genie werden und ein abschließendes Werk in 17 Bänden über das Leben der Fliege schreiben.

Das soll nicht heißen, dass Genies nicht nützlich sein könnten. Dennoch würde kein Mensch mit irgendeiner Begabung seine Zeit damit verbringen, ein Genie zu sein. Es ist eine Beschäftigung, die einen völlig abstumpft. Man arbeitet viel und verdient nichts.

Gute Deutsche

Ich stamme aus der Provinz Pontevedra, die, wie Sie wissen, an Portugal grenzt. Als Kind, wenn ich mich über die Kälte beschwerte und mich näher ans Feuer setzte, sagte mir eine sehr alte Magd, die in unserem Haus arbeitete, dass man in Portugal die Neugeborenen nehmen und sie 24 Stunden lang auf dem Hausdach liegen lassen würde, damit sie sich abhärteten. Wenn eines starb, tröstete sich die Eltern mit der Überlegung:

— Letztlich wäre aus ihm ein schlechter Portugiese geworden.

Mir ist nicht bekannt, ob man neugeborene Deutsche ebenfalls auf Hausdächer legt; aber wenn sie groß sind, kann sie die ganze Welt am Strand beobachten, wenn sie ein Sonnenbad nehmen, um noch robuster zu werden, und mit nichts anderem als einem kärglichen Lendenschurz bekleidet sind. Ihre Haut wird dann rot und stark und sie sehen aus wie riesige gekochte Krabben. Um ein guter Deutscher zu sein, muss man ein wenig wie ein guter Portugiese sein, einiges an Muskulatur besitzen und sich mühelos einige energische Ausdrücke aneignen können. Den portugiesischen und den deutschen Soldaten bringt man bei, vor dem Feind ein wildes Gesicht zu machen. Man muss einmal hören, wie ein Deutscher Offizier sagt: »Rrrrrrrrrechts rrrrrrrrrum! ...« Man mag sich nicht einmal vorstellen, wie dieses »rrrrrrr« inmitten der Feindesreihen explodiert und die Gegner in Staub verwandelt. Der Trommler attackiert seine Trommel mit fürchterlichen Gesten, als ob sie mit mit französischer oder englischer Haut bespannt wäre. Die Soldaten heben ein Bein nach dem anderen an, ohne das Knie zu beugen, als ob jedes aus einem einzigen Stück wäre, und schlagen sie dann gegen den Boden, wobei ihre riesigen deutschen Schuhe ein zorniges Geräusch machen. Bumm, bumm, bumm, bumm ... Da läuft das Regiment. Wie sich der Feind erschrecken wird, wenn er diese harten Gesichter sieht, diese mürrischen Augen, diese so großen Schuhe!

Liegt darin nicht viel Portugiesisches? Ja, so ist es, und nicht nur darin. Deutschland ist ein wenig wie Portugal, aber vollkommen *reussi*[5]. Die deutsche Sprache selbst ist eine Art Portugiesisch. Was bedeutet es schon, *ojales* »Löcher der Knöpfe« zu nennen und *guantes* »Schuhe der Hände«, oder den *ascensor* den »Stuhl zum Fahren« oder die *cerillas de madera* die »Hölzer, die zünden«. Die große Mehrheit der deutschen Wörter ist auf eine völlig maßlose, prunkvolle und portugiesische Art hergestellt. Die Wurzeln sind verschieden, der Geist ist derselbe.

Und die Statuen? Alle deutschen Häuser sind mit enormen Statuen vollgestellt, Statuen mythologischer und moderner Helden, die aus nichts als Muskeln bestehen. Ich kenne ein

---

5   Franz.: gelungen.

Restaurant voller Herkulesse und Atlasse, wo man für 1,25 Mark essen kann. Es scheint, als ob es nachhaltig den Eindruck vermitteln möchte, dass das deutsche Leben schrecklich ist und man es nur unbeschadet überstehen kann, wenn man sich selbst ein paar enorme Bizepse zulegt. Den Preis für ein Gericht in einem Restaurant habe ich ihnen schon genannt. Lohnt es die Mühe, über ein Land zu meckern, in dem man für sechs oder sieben Reales isst? Und diese Tintenfässer, die an Drachen erinnern, diese Aschenbecher, die, sehr schwer, wie Aschenbecher von Riesen aussehen und am Ende doch nur Löcher sind, was ist dies alles außer purem Portugalismus? Und die Titel? Schauen sie sich diesen an: *Staatsschuldentilgungsagentureanansgeherswitwe* (sic)[6]. Dieser Titel bedeutet »Witwe des Geldeintreibers des Büros zur Tilgung der öffentlichen Schulden«. Und dass man in einem Café den Pagen Kellner nennt und den Kellner Oberkellner und den Oberkellner Herr Oberkellner? Und die deutsche Obsession mit der Uniform?

Wenn Portugal triumphieren und sein Herrschaftsgebiet erweitern wird, wird es im Süden Europas das sein, was Deutschland in dessen Zentrum ist. Deutschland ist ein triumphierendes Portugal, aber genau dieses Triumphieren macht uns nicht im geringsten Freude.

Im Land der Schilder

Deutschland ist das Land der Schilder. Unterhalb von Lichtschaltern sind gewöhnlich Schilder zu sehen, auf denen »Licht« steht; Klingeln haben im allgemeinen Schilder, auf denen »Klingel« zu lesen ist. Würden die Deutschen sich Englands bemächtigen, sie würden zunächst an alle Dinge Schilder hängen, und erst nachdem sie in aller Einvernehmen die Gegenstände und Personen etikettiert hätten, würden sie ihre Herrschaft als gesichert betrachten.

---

6   Im Original deutsch. Offensichtlich nimmt es Camba mit der korrekten Wiedergabe von deutschen Kompositaungetümen nicht sonderlich genau.

— Personen? Sehr wohl, mein Herr, Personen. Selbstverständlich hängen die Deutschen nicht an jedermann Schilder, auch wenn sie sicherlich Lust dazu hätten; aber die Beamten des öffentlichen Dienstes und die Staatsangestellten tragen praktisch alle ein Schildchen an ihrer Mütze.

Oft tragen auch die Tiere Schilder. An den Lastpferden bringt man oft eine Anschrift an, die lautet: »Vorsicht, bissig!«

— Sehr gut!, rief ein Freund aus, ein großer Bewunderer deutscher Schilder.

— Ja, gut. Den Mördern sollten sie auch auf die Stirn schreiben: »Vorsicht! Dieser Mensch mordet!«

— Das ist nicht das Gleiche. Die Mörder sperrt man ein.

— Den Pferden, die beißen, hängt man einen Maulkorb um.

Auf den meisten Berliner Plätzen gibt es große Drahtkörbe, in die der Passant seine Zeitungen und die Dinge, die ihn stören, ablegen kann, anstatt sie auf den Boden zu werfen. Ein Schild über jedem Korb gibt dessen Verwendungszweck an und, das Schild vervollständigend, gibt es darauf außerdem noch einen Pfeil. Dieser Pfeil gibt die Richtung an, in die man die bezeichneten Gegenstände werfen muss, damit sie in den Korb fallen, der sich zu den Füßen des Passanten befindet. So wirft der Passant sein *Berliner Tageblatt* oder seine Orangenschalen nicht in den Himmel, wie er es ohne das Vorhandenseins des Pfeiles geneigt sein könnte zu tun, sondern direkt in den Korb. Das ist sonnenklar.

Ein anderes seltsames Schild hängt an den großen Glasfenster einiger Cafés. Da diese Glasfenster durchsichtig sind und man ungehindert alles dahinter sehen kann, könnten die Leute hindurchzugehen versuchen, in dem Glauben, es gäbe sie nicht. Ein vorausschauendes Schild verhindert genau diesen Irrtum:

»Vorsicht! Glas!« lautet die Aufschrift. Ich dachte am Anfang, dass das fragliche Schild an Fliegen gerichtet ist. Aber Fliegen sind Analphabeten und so bin ich zu dem Schluss gekommen, dass es den Menschen gilt.

Auf der Straße bei Bauarbeiten hängt man über den Bauschutt ein Schild, auf dem »Achtung! Bauarbeiten!« steht.

Wir befinden uns im Land der Schilder. Ich fürchte, dass man mir am nächstbesten Tag ein Schild an den Kopf hängt, das sagen wird: »Misstrauen geboten! Ausländischer Reporter.«

Die Fichte und die Palme

Die Zeitungen berichten vom Selbstmord einer in einen italienischen Kellner verliebten Dame. Anscheinend hat sie ihn in einem dieser Restaurants kennengelernt, die die Italiener in der ganzen Welt aufmachen. Ihr Ehemann – wie unbedacht! – hatte sie dort hingebracht, um mit ihr abendzuessen. Er bestellte ihr ein Abendessen aus starken Gerichten, deren Geschmack ein kulinarisches Verbrechen war, vollgepackt mit Zwiebeln. Die Gerichte blähen den Körper und erweichen das Herz; sie erzeugen einen Zustand von sentimentaler Mattigkeit, der sich durch die Anmut der Tanzkapelle vervollständigt. *Vorrei bacciare*[7] ...

Man könnte sogar behaupten, dass etwas Zwiebelhaftes in dieser Musik liegt. Zusammen mit dem Abendessen trank die Dame vielleicht einen dieser italienischen Weine mit einem klangvollen Namen: einen Castello di Lispida, einen Barolo, einen Chianti ... Auf deutschen Speisekarten stehen bei diesen Weinen stets drei Adjektive vor dem Preis. Zum Beispiel: »Zart, mild, parfümiert, 6,50 Mark«

Beim Nachtisch, zusammen mit dem Wein, dem Abendessen und der Musik, schwebt die Seele der Dame unter dem Himmel Italiens, im Land der Kunst und der Liebe, der Gondeln und der Tenöre, der Romantik und der *spaghetti al pomodoro*. Der Kellner, der sie bediente, trug einen fehlerhaften Frack, aber was für feurige Augen, was für schwarzes und lockiges Haar er hatte!

— Einen Nussknacker, bitte. Wie sagt man Nussknacker auf Italienisch?

— *Scaccianossi*, gnädige Frau.

---

7   Ital.: »Ich will küssen.«

41

— *Scaccianossi!* Wie süß das klingt! Wie harmonisch!

So ist das Italienische. Es besitzt eine köstliche Musikalität. Alles, sogar ein Nussknacker, klingt zärtlich auf Italienisch.

Die Dame verliebte sich also in den Kellner. Beim ersten Blick, den er ihr schenkte, fühlte sie sich von ihm verstanden. Ihrem Ehemann, der vielleicht Philosophie in Marburg studiert hat, war es nie gelungen, sie zu verstehen. Und so geschah es also, dass diese schwierige und so komplizierte Frauenseele sich plötzlich von einem italienischen Kellner vollkommen verstanden fühlte, der in seinem Leben nichts anderes getan hatte, als Tischdecken auszuschütteln und Ravioli zu servieren.

Die Dame ließ sich scheiden und heiratete den Kellner. Anfangs war es ein Idyll. Ein Idyll *al pomodoro* manchmal, andere Male mit Zwiebeln, mit geriebenem Käse ... Aber jener Herr aus dem Süden stellte sich als entsetzlicher Lump heraus. Trotz seines schwarzen und lockigen Haars, seiner feurigen Augen, seiner hübschen Baritonstimme und seinem jetzt schon eher vorzeigbaren Frack war er dennoch ein Gauner. Nach zwei Jahren ließ er sie ohne einen Pfennig, ohne Schmuck, ohne irgendetwas einfach sitzen. Die arme Dame hat sich umgebracht, indem sie sich eine Kugel in den Kopf geschossen hat.

Sie ist ein Opfer des romantischen Renommees der Länder Südeuropas, ein Opfer der italienischen Küche und der italienischen Musik, ein Opfer der südlichen Weine.

Wenn die Fichte des Nordens, von der der Dichter sang, sich mit der Palme des Südens verheiraten könnte, sie würde wohl ein ähnliches Ende nehmen.

Die Toten im Automobil

Hurrah! les morts vont vite. Mon amour, crains tu les morts?[8]

Die Toten fahren im Automobil. Um in einem Automobil zu fahren, muss man entweder sehr reich oder, noch besser und

---

8   Hurra! Die Toten fahren schnell! Meine Liebe, fürchtest du die Toten?

billiger, vollkommen tot sein. Man sagt, dass die Toten im Automobil fahren, sei sehr gesund und sehr bequem. »In Großstädten ist der Friedhof gewöhnlich mindestens zehn Kilometer vom Hospiz entfernt«, schreibt die *Berliner Illustrirte Zeitung*. Stellen Sie sich den Fall einer Epidemie vor und Ihnen wird die Nützlichkeit der Automobile beim Totentransport schnell einsichtig werden. Das ist unbezweifelbar. Die Automobile für die Toten sind sehr nützlich ... für die Lebenden.

Natürlich ist es den Toten lieber, auf eine langsame und feierliche Art zum Friedhof gefahren zu werden, gezogen von Pferden, deren Kruppe mit einer Schmuckdecke verziert ist und zu den Klängen einer Musik von anno dazumal. Ebenfalls gefiele es ihnen sehr, wenn ihre Freunde sie auf den Schultern trügen, während Glocken läuteten. Tote sind sehr zeremoniös veranlagt. Sie sind auch ein wenig theatralisch. Sie wollen ein Publikum, Reden und Kränze. Um einem Toten Gesellschaft leisten zu dürfen, muss man sich mit einem Gehrock bekleidet präsentieren – je älter der Gehrock, desto besser – sich von jemandem einen Zylinder leihen, sich schwarze Handschuhe anziehen und eine strenge Haltung annehmen. Und wie den Toten die Gemeinplätze gefallen! Menschen mit einem einfachen Naturell, zu denen auch ich mich zähle, sind nicht dafür geschaffen, in der Gegenwart von Toten Reden zu halten, in denen man Dinge der Sorte »Wir sind Nichts«, »Das Leben ist ein bloßer Traum«, »Alle Hoffnungen enden im Grab« und »Vor dem Tod sind die Reichen und die Armen gleich« sagen muss.

Es gibt Menschen, die ihr Leben so zubringen, als ob sie ununterbrochen auf einer Beerdigung wären. Diese Menschen tragen stets Gehrock und Zylinder und sagen ohne Unterlass einen Gemeinplatz nach dem andren.

Arme Tote! Aber bei näherem Nachdenken: Wenn es nicht einmal in der Stunde des Todes ein wenig Ernsthaftigkeit und ein wenig Gepränge um uns herum gäbe, dann wäre es am Ende womöglich noch besser, dass irgendwelche weisen deutschen Wissenschaftler ein Lebenselixir erfinden, das es uns ermöglicht, niemals sterben zu müssen. Wenn der Tod so banal wie der Großteil des Lebens wäre, ohne Gehröcke, ohne Zylinder, ohne Kränze und ohne Reden, lohnte es sich doch gar nicht zu sterben. Ebenso lohnt es sich nicht, in einer großen Stadt zu sterben und es ist vorzuziehen, den Löffel in einem kleinen Dorf abzugeben, wo unser Tod noch ein außergewöhnliches Ereignis sein wird.

Les morts vont vite ... Der Dichter wollte sagen, dass die Toten bald aus unserer Erinnerung verschwinden. Neuerdings verlieren wir sie ebenso schnell aus unserem Blick. Sie fahren im Automobil davon, sie riechen nach Benzin, während der Chauffeur schnelle und zitternde Huptöne erklingen lässt.

Hurra! les morts vont vite. Mon amour, crains tu les morts?

Wörter. Weltausstellung

Mark Twain erzählt die Geschichte von einem Deutschen aus der Nähe von Hamburg, der in einem Krankenhaus wegen eines dreizehnsilbigen Wortes operiert werden musste. Unglücklicherweise verkalkulierten sich die Ärzte hinsichtlich des zu operierenden Körperteils und der Patient starb. Sie werden denken, dass dieser Vorfall nur ein Witz sei, aber wenn sie sich eines Tages dazu verpflichtet sehen, Deutsch zu lernen, werden Sie wissen, was es bedeutet, ein dreizehnsilbiges Wort in sich zu haben und es nicht ausscheiden zu können. Es scheint, dass das Gewebe, das sich um das Wort herum befindet, sich entzündet und eine gewisse Eiterung hervorruft. Dieses so ernste Gesicht, das all diejenigen machen, die Deutsch sprechen können, diese Strenge, diese Erhabenheit, die sie stets bewahren, selbst wenn sie noch so viele Witze machen, dies alles erklärt sich durch das Leiden, das ihnen manche Wörter verursachen. Es gibt einige deutsche Wörter, sagt Mark Twain, die so lang sind, dass man sie nur aus der Ferne ganz sehen kann. Und als Beispiele führt er einige an:

»Waffenstillstandsunterhandlungen«

»Generalstaatsverordnetenversammlungen«

»Das sind keine Wörter«, fügt Mark Twain hinzu, »es sind alphabetische Prozessionen. Mit ein wenig Vorstellungsgabe sieht man die Fahnen und hört man die Musik.«

Die Mehrheit dieser Wörter steht nicht im Wörterbuch; das soll aber nicht heißen, dass es keine deutschen Wörter wären. Dass sie nicht im Wörterbuch stehen, liegt lediglich daran, dass sie nicht hineinpassen. Stellen sie sich ein Taschenwörterbuch vor mit Wörtchen wie *Generalstaatsverordn…* etc. etc. Die Verfasser von Wörterbüchern müssen sie gezwungenermaßen in mehrere Stücke teilen. Sie bringen »General« unter g unter, den »Staat« unter s, »Verordneter« unter v und so weiter, immer der Reihe nach. Später findet man ein solches zusammengesetztes Wort in einer Zeitung, in einem Roman, auf einem Brief, auf einem Warenmuster in einem Laden oder an einem anderen Ort, völlig vollständig, majestätisch und pompös, und man beginnt, in einem Wörterbuch nachzuschauen. Ein hoffnungsloses Unterfangen. Um das Wort richtig zu trennen, ist es notwendig, es vorher zu kennen, diese zusammengesetzten Wörter des Deutschen sind so etwas wie Pferde, wenn sie ihre Köpfe zusammenstecken und einen Kreis bilden, um sich mit Hufschlägen verteidigen. Die Wörter tun sich auch zusammen – zu dritt, zu viert, zu siebt, zu zehnt, sie pressen sich gegeneinander und sie verteidigen sich mit ihren Konsonanten. Es ist gänzlich unmöglich, diesen Verbund aufzubrechen. Man stelle sich vor, dass ein Ausländer anstatt eines Begriffs wie »Gesellschaft für Förderung der nationalen Kunst und Industrie«, den er Wort für Wort mit seinem Wörterbuch nachschlagen könnte, den folgenden Begriff vorfinden würde:

»Nationalkunstundindustrieförderungsgesellschaft«

In dieser Form würde das Spanische auf einen Ausländer unzweifelhaft einen viel prächtigeren Eindruck machen, und wenn darüber hinaus das Wort in Fraktur geschrieben wäre, wäre seine Panoramaansicht imposant. Aber wie könnte ein Ausländer diese Wörter in ihre Einzelbestandteile zerlegen und ihre Bedeutung erfahren?

Deutsche Wörter sind nach dem gleichen Kriterium wie das *Rheingold* oder der *Clou*[9] angefertigt. Sie haben etwas von

---

9   Konzerthaus *Clou*: ehemalige Markthalle in Berlin, die in einen zum Monumentalismus neigenden Veranstaltungsort umgewandelt wurde.

einer Kathedrale, von einem Bahnhof, einer Kaserne, einer Festung. Es gibt welche, die Weltausstellungen gleichen. Mark Twain, der von ihnen in großes Staunen versetzt wurde, kam immerhin aus dem Land der Wolkenkratzer: Doch architektonisch und als Stück Ingenieurskunst betrachtet, ist ein Wolkenkratzer eine Kleinigkeit verglichen mit *Generalstaatsverordnetenversammlungen.*

Frankfurter Würstchen

Ich glaube, dass ein Reisender, eine halbe Stunde bevor er in Frankfurt ankommt, einen vagen Würstchengeruch wahrnehmen muss, der dann nach und nach stärker wird. Ich sage dies im Wissen, dass nicht alle Frankfurter Würstchen in Frankfurt geboren sind. In Paris, wo man ebenfalls Frankfurter Würstchen herstellt, sieht man oft dieses Schild: *»Saucisses de Francfort et écrevisses vivantes«.* Eines Tages kaufte ich zwei Dutzend *écrevisses* und ein Kilo Würstchen und ich trug alles zu dem Haus von Freunden, um es dort schmoren zu lassen. Es stellte sich heraus, dass die *écrevisses* seit Urzeiten tot waren, dass jedoch eines der Würstchen eine außerordentliche Vitalität aufwies. Als man es in die Pfanne legte, begann es, verzweifelt mit dem Schwanz zu wedeln. Als ich es verspeiste, steckte immer noch Leben darin und ich hatte später das Gefühl, als ob es sich im Magen erheben und mich einen Kriminellen nennen würde. Vergeblich versuchte ich, mich taub zu stellen und ihm kein Gehör zu schenken. In dem Moment jedoch, in dem ich es am wenigsten erwartete, fühlte ich, wie es sich unerbittlich gegen mich auflehnte. In jener Nacht schlief ich sehr schlecht. Wiederholte Male erschien mir das Würstchen im Traum und sagte zu mir: »Du Elender! Mit mir wirst du niemals fertig werden! Deine Magensäure ist machtlos gegen mich. Jede Minute fühle ich, wie meine Kräfte wachsen. Ich bin quicklebendig und habe schon ein halbes Dutzend der Flusskrebse verschlungen, die du vorhin mit so großer Wonne genossen hast.«

Eine fromme Hand befreite mich aus jenem Alptraum. Plötzlich ging mir auf, dass ich im Traum begonnen hatte, laut zu bellen. Für einen Moment herrschte im Haus die Sorge, dass ich von einem tollwütigen Hund gebissen worden war.

— Nein, erklärte ich, es ist das Würstchen von letzter Nacht.

— Ah, aber hast du etwa auf Deutsch geträumt? Ich dachte, du hättest gebellt.

Tatsächlich weiß ich nicht, ob ich diese Nacht gebellt oder auf Deutsch geträumt habe. In Frankreich und England glaubt man, dass Würstchen aus Hundefleisch hergestellt werden. Deswegen schrieb ich in einem Artikel, dass Würstchen manchmal im Magen anfangen würden zu bellen und man dann Deutsch sprechen würde. Die Behauptung aber, Würstchen seien aus Hundefleisch gemacht, ist bloße Verleumdung. Das Würstchen steht in keinerlei Verbindung mit dem Hund. Es ist ein vom Hund sehr verschiedenes Tier, dessen Rasse man bislang nicht studiert hat. Noch ist es nicht domestiziert und – im Gegensatz zum Hund – ist das Würstchen der größte Feind des Menschen.

Ich bin ein großer Parteigänger der Ausrottung der Würstchen. Ich komme auf blutrünstige Ideen: Ich könnte ein Gewehr kaufen, die nächstbeste Metzgerei überfallen, ausplündern und – Bumm! Bumm! – alle Würstchen erschießen. Man sollte sie alle ohne das geringste Mitleid erschießen und sie ausnahmslos alle mit einem Kugelhagel durchsieben. Ich tue es lediglich deswegen nicht, weil die preußischen Autoritäten die Würstchen beschützen und mich, würde ich Gewehrkugeln auf Würstchen abfeuern, ins Gefängnis werfen würden.

Auf zum Stierkampf!

Nach dem Abendessen setzte ich mir meinen cordobesischen Hut auf den Kopf und begab mich auf die Straße.

— Wohin gehen Sie?

— Zum Stierkampf.

Ich ging tatsächlich zum Stierkampf. Sie wissen schon, dass es hier in Berlin zwei spanische Toreros gibt: die Brüder Carpinterito. Die Carpinteritos kämpften jeden Abend mit

Stieren im *Zirkus Busch*, aber nun gut, es waren aus Spanien importierte Bullenkälbchen.

Die Manege stellte eine Stierkampfarena mit Präsidentenloge dar. Neben der Loge gibt es eine Gruppe von Stierkampfbesuchern, die das spanische Publikum geben und während der ganzen Veranstaltung »Olé, olé, es lebe die Freiheit!« brüllen.

15 Tage lang haben die Carpinteritos ihre *faenas* geübt. Anfangs weigerten sie sich, zu üben.

— Sehen Sie nicht, sagten sie, dass die Stiere zu viel lernen werden?

— Diese Spanier, rief der Zirkusdirektor aus, was für ein Mangel an Methode! Soll das etwa heißen, dass in Spanien die Stiere ganz ohne Vorbereitung die Arena betreten?

— Natürlich, riefen die Brüder Carpinterito im Chor, die dieses Wort schon auf Deutsch gelernt hatten.

— Aber so wissen die Stiere doch gar nicht, was sie in der Arena machen sollen.

— Natürlich nicht!

— Was für eine enorm große Unvorhersehbarkeit. Nichts da, nichts da. Hier ist es notwendig, dass die Stiere vor ihrem Auftritt richtig vorbereitet sind.

Und sie sind mehr als vorbereitet. Was für bewundernswerte Ergebnisse die deutsche Methode doch hervorbringt!

Zwei Stierkälber aus Oñoro, die, als sie Spanien verließen, von Nichts eine Ahnung hatten und sich vom erstbesten Torero hätten täuschen lassen, der sie mit einer Serie von *verónicas* empfangen hätte, wissen jetzt, wie der Hase läuft. Wenn man ihnen eine *capa* hinhält, lässt sie das völlig kalt, und wenn man zu ihrem Tod aufspielt, machen sie eine halbe Drehung und laufen davon.

Der Direktor reibt sich vor Genuss die Hände.

— Haben Sie, fragt er die Carpinteritos, gesehen, wie fortgeschritten diese Ochsen schon sind?

Ähnlich diesen Ochsen habe ich andere, menschliche Ochsen gesehen, die zum Studium nach Deutschland gekommen und die dank der deutschen Methode in Spanien zu Weisen geworden sind. Dies sagte ich, als ich mich mit den Carpinteritos und anderen Freunden unterhielt. Bewahre Gott ihnen ihre Weisheit!

Der gigantische Pygmäe

Von Heydebrand ist der kleinste aller großen deutschen Männer. Mit ihm und Bethmann Hollweg könnte man eine sensationelle Varieténummer veranstalten: der kleinste und der größte deutsche Mann des modernen Deutschlands, zusammen vereint auf einer Bühne. Eines Tages zog im Reichstag, der eine Versammlung von Riesen ist, ein alter Mann, dessen Kopf schüchtern aus den Papierhaufen eines Schreibpults herausschaute, meine Aufmerksamkeit auf sich.
— Mit einer so unbedeutenden Statur, sagte ich zu einem Freund, der mir als Cicerone diente, wird dieser Mann es nie zu irgendetwas Großem in Deutschland bringen.
— Dieser Mann?, rief mein Freund aus. Dieser Mann ist von Heydebrand!
Ich war sprachlos.
— Er wird eine Miniaturausgabe von von Heydebrand sein …
Aber nein. Es war der echte, der große, der formidable von Heydebrand. Er war der »ungekrönte König von Preußen«, Chef des Landwirtschaftsverbandes, der mächtigsten Organisation ganz Deutschlands. Vor ihm zitterten nicht nur die Politiker, sondern auch die Kanzler. Er hätte Prinz von Bülow nur eines seiner langen, rachitischen Beine stellen müssen, um ihn zu Fall zu bringen. Und nicht nur die Minister und Kanzler fürchteten von Heydebrand. Der Kaiser wollte einmal das preußische Wahlrecht ändern, was er in einer Rede auch zum Ausdruck brachte. Aber von Heydebrand wollte nicht und die Reform fand nicht statt. Es ist nämlich so, dass von Heydebrand der engste Parteigänger des Kaisers ist – unter der Bedingung, dass der Kaiser ihn das tun lässt, was er will.

> Unser König absolut,
> Wenn er unsern Willen tut …[10]

---

10 Im Original deutsch.

Diese Worte, die die politischen Freunde von Heydebrands zu preußisch kaiserlicher Marschmusik singen, wollen Folgendes ausdrücken: »Wir sind Parteigänger eines absoluten Königs, damit dieser König auf ewig unseren Willen erfüllt.«

Die Mitglieder des Landwirtschaftsverbandes versammeln sich jedes Jahr in Berlin, ungefähr gerade zu dieser Jahreszeit. Kürzlich habe ich sie gesehen, riesig und rotgesichtig, die Beine beim Marschieren in die Luft werfend und mit bunten, federgeschmückten Hüten auf ihren Köpfen. Sie glichen einer *troupe* aus einer *music hall*, es waren die Herren von Deutschland, die Junker, die Edelleute der Ländereien Pommerns und Schlesiens, Preußens und Brandenburgs. Die Verwandlung Deutschlands von einer Agrar- in eine Industrienation hätte ohne ihr Zutun nicht stattgefunden und wäre längst nicht so schnell und so brillant abgelaufen, wie es tatsächlich geschehen ist. Sie halten die Zügel des Staates fest in der Hand, auch wenn nur 29 Prozent der deutschen Bevölkerung zum landwirtschaftlichen Sektor gehören. Ihre politische Organisation ist zahlenmäßig eine der kleinsten, aber dennoch die mächtigste Deutschlands. Und der *leader* dieser Giganten, der ungekrönte König von Preußen, ist von Heydebrand, ein Mann mit der Statur eines *jockeys* oder eines Laufburschen.

Von Heydebrand war in Deutschland einer der entschiedensten Befürworter des Kriegs. Wenn es darum ging, eine neue Rentensteuer für die Finanzierung der Schiffsbauindustrie einzuführen, war von Heydebrand dagegen, aber nichtsdestotrotz beschwor er weiterhin den Krieg. Er beschwor ihn so lange und so sehr, dass er sogar den Kaiser attackierte, weil dieser den Krieg bei einer denkwürdigen Gelegenheit nicht erklärte. Bethmann Hollweg erhob vor dem zornerfüllten Pygmäen seine formidable Statur und sagte ihm:
— Euer Gnaden lässt mich an einen Krieger denken, der das Schwert im Munde führt.

Jetzt hat von Heydebrand einige pangermanische Deklarationen im *Lokalanzeiger* veröffentlicht. Er will ein größeres Deutschland. Er, der sich mit etwas gutem Willen in einer Waschschüssel baden könnte! Glücklicherweise gibt es andere

Politiker, bescheidener als von Heydebrand, die lediglich ein besseres Deutschland wollen.

Kritik der reinen Dummheit

Ich habe gerade in einer Zeitschrift eine sehr interessante Studie über die Dummheit gelesen. Bislang dachte man, dass die Dummheit eine manchen Menschen angeborene Eigenschaft sei; man dachte, dass man dumm geboren werde, so wie man heute immer noch glaubt, als Dichter geboren zu werden. Der Dichter und der Dumme sind zwei von der Natur beschenkte Wesen, der eine hat die Gabe, Verse zu machen, der andere, Schwachsinn zu reden. Kurz und gut, man glaubte, dass man als Dummkopf schon auf die Welt kommt, und nicht erst zu einem wird.

Zweifellos gibt es geborene Dummköpfe. Die angeborene Dummheit, weit davon entfernt, wie andere Dummheiten einen deprimierenden Effekt zu haben, stellt eine Art Wohltat für diejenigen dar, die mit ihr in Kontakt kommen. Dagegen führt jene ausgefeilte, elaborierte und künstlich kultivierte Dummheit dazu, dass man sich deprimiert und demoralisiert fühlt. Diese unreine Dummheit, ohne jegliche Spontanität, die im Gegensatz zur wahrhaftigen Dummheit nichts Positives an sich hat, ist nichts anderes als ein Scheitern des Talents. Die natürliche Dummheit hat dazu ganz im Gegenteil so viel Geschmack und Aroma, in ihr gibt es so viel Gesundheit und so viel Macht, dass sie einen verjüngt und die Lebensenergien erhitzt und aufweckt. So eine Dummheit ist unwiderstehlich. Man muss sie bewundern und ihr Folge leisten, es sei denn, man glaubt, eine ebenso mächtige Begabung wie sie zu haben, beispielsweise ein Genie zu sein.

Es gibt geborene Dummköpfe, so wie es geborene Dichter gibt. Es gibt aber auch eine unendliche Anzahl an Menschen, die erst dumm werden, genauso wie sie intelligent werden könnten. Die Dummheit, wie das Genie, könnte man als das »Ergebnis langer Ausdauer« definieren. Wir sprechen nicht von denen, die ihre Dummheit mittels eines Studiums kultivieren, sie methodisieren und systematisieren, ihren Horizont verengen und ihr einen wissenschaftlichen Anschein geben, wir sprechen ganz einfach von denjenigen, die aus Bequemlichkeit dumm sind. Wer hat nicht schon junge intelligente Männer gekannt, die im Laufe der Zeit dumm geworden sind? Diese Personenklasse nimmt nicht an den Debatten der Intelligenz teil; anstatt das Leben als ein Experiment zu betrachten, sagt sie, das Leben bestehe aus nichts. Sie will das Leben im Allgemeinen beurteilen, was nach den Worten des Verfassers der Studie, auf die ich mich beziehe, typisch ist für die unerfahrene Jugend. Aber denkt man diesen Gedanken weiter, führt er zu einer tieferen Dummheit: »Wir müssen im Leben handeln, auch wenn wir uns ständig täuschen mögen, weil die Intelligenz nichts anderes ist als eine kontinuierliche Ausbesserung von Fehlern, und wir dürfen uns niemals vor das Leben wie ein Zuschauer vor eine Bühne setzen, weil wir so nur dümmer werden würden.« Den Dummen aus Bequemlichkeit vergleicht der Autor meiner Studie mit Menschen, die bei Kälte, anstatt zügig die Straße entlangzulaufen, lieber zu Hause am Herdfeuer bleiben. Meines Erachtens liegt vielleicht derjenige richtiger, der am Herdfeuer sitzenbleibt, als der, der sich auf die Straße begibt – und so ist der Dumme der Intelligente. Ein wohliges Herdfeuer, eine bequeme Dummheit, mögen sich die Deutschen darum kümmern, Probleme zu lösen ...

Für den, der die Grenzen der Dummheit bestimmen will, wie Kant es mit den Grenzen der Vernunft getan hat, hat die Dummheit zwei Pole: einen positiven und einen negativen. In allen Menschen gibt es eine gewisse Menge an negativer Dummheit, eine Unfähigkeit, gewisse Dinge zu verstehen. Ich zum Beispiel habe es nie fertiggebracht, einen Eisenbahnfahrplan zu verstehen, was eine Dummheit darstellt, jedoch eine negative Dummheit. Es ist eine Begrenzung meiner Intelligenz, eine Begrenzung, derer ich mich schäme und die ich versuche zu beseitigen. Die positive Dummheit hingegen ist etwas vollkommen anderes. Sie ist keine Begrenzung der Intelligenz, sondern ihr Ersatz. Der positiv Dumme denkt mit seiner Dummheit. Die Dummheit ist seine Art von Intelligenz, sie ist das Werkzeug, die ihm zum Verständnis der

Dinge dient. Der positiv Dumme ist um so stolzer auf seine Dummheit, je größer sie ist. Es gibt riesige und formidable Dummheiten, so wie es geniale Intelligenzen gibt.

Und die Moral von allem ist die: Vergessen wir die negative Dummheit, vergessen wir die Mittelmäßigkeit, damit die dummen Menschen, die sich auf dem Weg der Dummheit zu großen Dingen berufen fühlen, nicht versuchen, ihre natürlichen Anlagen abzuschwächen. Mögen sie ihre Dummheit wie eine Kraft kultivieren, in der Gewissheit, dass ein großer Dummkopf mehr gilt als ein durchschnittlich Intelligenter. Diese Moral wäre im Übrigen mit vielen und brillanten Beispielen leicht zu belegen.

Ernst Haeckel

Am 16. Februar 1834 dachte Charles Darwin, der sich damals in Südamerika aufhielt und die Knochen von ausgestorbenen Tierarten untersuchte, zum ersten Mal über die Möglichkeit einer Evolutionstheorie nach, die die Entstehung der Arten erklären würde. An genau diesem Tag wurde in Potsdam Ernst Haeckel geboren, dessen 80. Geburtstag in ganz Deutschland mit Jubel gefeiert wurde. Haeckel war der Apostel, war der Künstler, war der Priester der darwinschen Theorie. Er war derjenige, der sie aus dem Käfig der reinen Wissenschaft befreite, um sie auf das Leben anzuwenden. Er machte aus ihr eine Philosophie und eine Religion: den Monismus, eine »vernünftige Religion«. Diese vernünftigen Religionen haben keinen großen Erfolg. Sie erklären die Dinge auf eine einfache und deutliche Art und Weise, sie schaffen Mysterien ab und sind so etwas wie der Baedecker jenes Wunderlandes, das das Jenseits ist und dem sie einen Charakter von schrecklicher Gewöhnlichkeit bescheinigen.

Als Student hatte Haeckel zwei Gewächshäuser, ein offizielles und ein privates. Die offizielle Wissenschaft erlaubte damals in Gewächshäusern nichts anderes als einige wenige bestimmte Pflanzenarten. Pflanzen zweifelhafter Gattung, die nicht genau beschrieben waren, wurden von den Männern der Wissenschaft auf eine völlig erhabene Art und Weise verachtet. Haeckel dagegen verachtete sie nicht. Er interessierte sich ganz im Gegenteil außerordentlich für sie und er entschädigte sie für die offiziellen Demütigungen, indem er sie in sein privates Gewächshaus brachte, wo sie erstmals ein gewisse wissenschaftliche Persönlichkeit zu entwickeln begannen. In diesem Verhalten Haeckels lag ein mitfühlendes Interesse für das Kleine und Übergangene und eine Neugier, die zu einer Vorwegnahme des Darwinismus führte. Eines Tages, er untersuchte gerade Skelette in einem Museum vergleichender Anatomie, sagte Haeckel zu einem Professor:

— Und alle diese Wirbeltiere, die sich in ihrem Skelettaufbau so sehr ähneln, müssten sie nicht eigentlich von einer einzigen Urform abstammen?

Haeckels Eltern verlangten von ihm, dass er sich der Ausübung der Medizin widmete. Haeckel gehorchte ihnen. Ein Jahr lang fand seine Sprechstunde zwischen fünf und sechs Uhr morgens statt. Er hatte drei Patienten.

Dann ging er nach Italien. Unter dem Himmel des Landes der Kunst wurde er Maler. Sein Mähne, die heute eine Apostel- und Weisenmähne ist, war kurz davor, sich in eine Künstlermähne zu verwandeln, wahrscheinlich in eine Bohemienmähne. Haeckel malte einige Aquarelle in Sizilien und später widmete er sich dem Studium von Radiolarien (Strahlentierchen), worüber er ein Buch veröffentlichte, das ihm einen Lehrstuhl in Jena einbrachte. In diesem Werk gibt es einige Aquarellzeichnungen, die Haeckels kurze Zeit als Maler zeigen. Während Haeckel im Jahr 1859 Radiolarien studierte, veröffentlichte Darwin den »Ursprung der Arten«. Für die deutsche Wissenschaft war »Der Ursprung der Arten« das Buch eines Wahnsinnigen. Haeckel war der erste und der größte der deutschen Weisen, der sich von Darwin überzeugen ließ. Eigentlich war er schon vor Erscheinen des Buchs davon überzeugt. Bei einem naturwissenschaftlichen Kongress in Stettin legte Haeckel sein Bekenntnis zum darwinschen Glauben ab. Dann veröffentlichte er seine »Generelle Morphologie der Organismen«. Dann machte er eine Philosophie daraus, gleich darauf gründete er eine Religion.

Die Illustrierten veröffentlichten das Porträt eines groß-
en alten Mannes mit langer weißer Mähne und seidenem
Bart, weitem Gehrock, Regenschirm und riesigem Schlapp-
hut.

Ein Tirpitz ohne Bart

Die »Vaterland« ist schon vom Stapel gelaufen, die schwimmende Stadt mit ihren Cafés, Theatern, Bars, Restaurants,
Spielhallen, Kirchen, Kliniken, Tageszeitungen und riesigen
Straßen, über die man sich auf Plänen informieren muss,
wenn man die Spaziergänger unterwegs nicht nach dem Weg
fragen möchte. Vor 30 Jahren wog die »Hapag« – benannt
nach der Hamburg-Amerikanischen-Paketfahrt-Aktiengesell-
schaft« (der Name ist sogar für die Deutschen zu lang, die
ihn abgekürzt haben und nur den Anfangsbuchstaben jedes
Wortes verwenden) – 60 000 Tonnen. Heute wiegt die »Vaterland« beinahe noch einmal so viel. Damals belief sich das
Vermögen der Hapag auf 15 Millionen Mark. Heute rechnet
man mit 160 Millionen.

Diese 30 Jahre formidablen Fortschritts korrespondieren
mit den 30 Jahren, in denen Ballin, ein armer Hamburger
Jude, für die Gesellschaft gearbeitet hat. So wie Tirpitz das
Genie der deutschen Kriegsmarine ist, ist Ballin das Genie
der Handelsflotte. Er ist eine ziviler Tirpitz, ein Tirpitz ohne
Bart, ohne Kreuze, ohne Auszeichnungen, er trägt nicht ein
mal ein »von« in seinem Nachnamen. Es ist nur natürlich,
dass der Kaiser ihm, wenn auch keinen Bart, so doch alles
andere angeboten hat. Es kam sogar dazu, dass er ihn darum
gebeten hat, das Amt des Marineministers zu besorgen; aber
Ballin war niemals auf Ehre bedacht, noch an öffentlichen
Ämtern interessiert.

Man könnte sagen, dass es Deutschland vor Tirpitz und
Ballin völlig an einer Schifffahrtstradition mangelte. Heutzutage ist seine Kriegsmarine die zweitstärkste und seine Handelsflotte die größte der Welt. Im Übrigen helfen und ergänzen sich die beiden Marinen sogar noch.

Ballin war immer ein sehr tätiger Mensch, Frühaufsteher, nüchtern. Er war der erste, der im Büro erschien und der letzte, der es verließ. Kein Mann der vielen Worte. Von unerschütterlicher Gesundheit. Die großen Männer gleichen den kleinen darin, dass sie alle gleich sind und so kam es, dass Ballin keine wirklich ihm eigentümlichen psychologischen Charakterzüge hatte. Als er aus London zurückkehrte, wohin er mit 20 Jahren fortgegangen war, um Arbeit zu finden, stellte ihn eine Hamburger Schifffahrtsgesellschaft als Auswanderungsbeauftragten an. Ballin holte Auswanderer aus Polen und Ungarn und setzte sie mit dem Ziel Amerika in Hamburg ab. Bald ließen ihn seine Chefs zum Generaldirektor des Auswanderungsdiensts aufsteigen. Die Hapag begann dann zu bemerken, dass die Konkurrenzgesellschaft ein Monopol auf alle Emigranten besaß. Später fand man heraus, dass die ganze Sache von einem Juden, der sich Ballin nannte, begründet wurde. Man begann mit Ballin zu verhandeln, um ihn zu kaufen.

Aber Ballin, Jude und all dies, verkaufte sich nicht. Man musste die ganze Firma mit Ballin in ihr drin kaufen. Und als er in der Hapag war, begann er, aufzusteigen. Die Hapag wiederum begann mit ihm aufzusteigen. Einige alte Aktionäre hielten ihn für verrückt, als er davon sprach, die Atlantiküberquerung in sieben Tagen zu bewerkstelligen. Ballin bestellte Turbinen, er bestellte für die Passagiere anstatt von schlichten Unterkünften – Luxus. 1900 wurde er Generaldirektor der Hapag und seitdem machte er in der Firma, was er wollte.

Die »Vaterland«, dieser marine Wolkenkratzer, diese riesige schwimmende Kathedrale, dieses Dorf, diese Provinz, die über den Ozean ihre Runden dreht, sie ist sein Werk.

Bergson in Deutschland

Ein Verlag in Jena hat begonnen, Henri Bergson auf Deutsch herauszugeben. Bergson wird jedoch in Deutschland niemals als Philosoph durchgehen. Dafür ist er zu klar, zu unterhaltsam und zu elegant. Er schreibt sehr gut und kleidet sich auf eine makellose Weise. Seine Gehröcke sind nicht nur gut geschnitten, ihnen mangelt es darüber hinaus an jeglichen Fett-flecken. Sein Stil ist einfach, leicht und transparent. Bergson hat viele Krawatten und er hat viele Adjektive. Mit solchen literarischen und modischen Gaben kann man in Deutsch-land vielleicht ein Zeitungsschreiber sein, Reportagen verfas-sen oder für Wohnzimmertischmagazine schreiben, man mag Romane oder Komödien fürs Kino verfassen, aber man wird damit niemals ein Philosoph werden.

Ein deutscher Philosoph ist etwas viel Ernsteres und Fettigeres als all dies. Die Würde der Wissenschaft verbietet ihm jegliche Unterhaltsamkeit, sowohl im Schreiben wie im Sichkleiden. Man versteht ihn nicht? Umso besser. Es handelt sich genau da-rum, sich außerhalb der Reichweite eines einfachen und leicht-lebigen Publikums, mitten in das Gebiet der reinen Philosophie zu begeben. Deutsche Philosophen sitzen in ihren Büchern wie wilde Bestien in ihren Käfigen. Man sieht sie von Weitem, man hört sie knurren, aber niemand nähert sich ihnen.

Die *Berliner Zeitung am Mittag* veröffentlichte einen Aus-schnitt aus Bergsons »Das Lachen«. Sie nennt ihn einen fran-zösischen Modephilosophen. Französischer Modephilosoph kann nun »französischer Philosoph, der gerade in Mode ist« bedeuten oder eben »Philosoph nach französischer Mode«. Es wirkt gerade so, als ob Bergson einen Philosophieladen in der *Rue de la Paix* besitzt. Darüber hinaus weiß man, dass alle vornehmen Frauen von Paris Tag für Tag zu ihm kommen, um ihm zuzuhören. Zu welcher Klasse Philosoph gehört der, der nicht beißt und nicht knurrt und dem sich elegante Frauen, ohne Angst haben zu müssen, nähern können? Ich habe hier das Stück aus »Das Lachen«, das die *B.Z. am Mittag* veröf-fentlicht hat. Kein anderer Artikel dieser Ausgabe hatte so viel Leichtigkeit, so viel Grazie und so viel Zauber. Man muss sich keine Brille aufsetzen, man muss sich in keine Bibliothek weg-schließen, umgeben von Hand- und Wörterbüchern, um ihn zu lesen. Man liest ihn in einem Zug, mit einem Lächeln auf den Lippen und man versteht alles, auch ohne sich in Marburg zehn Jahre lang kahlstudiert zu haben, um sich auf die Lektüre vorzubereiten. Man versteht alles ohne Schwierigkeiten: Des-wegen kann es auch keine tiefe Bedeutung haben.

Ich weiß nicht, ob man die wirklich tiefsinnigen Dinge auf eine leichte und unterhaltsame Art sagen kann, vielleicht haben diejenigen recht, die nicht dieser Meinung sind. Unbezweifelbar ist jedoch, dass nicht jede barbarisch geschriebene Sache Tiefe hat und genauso wenig ist es wahr, dass der Umstand, nicht schreiben zu können, einen zum Philosophen macht. Ich sage dies nicht wegen der deutschen Philosophen, die zweifellos schwerwiegende Gründe dafür haben, auf eine konfuse Art und Weise zu schreiben – einer dieser Gründe ist der, nicht deutlich schreiben zu können –, sondern ich sage dies wegen derjenigen Philosophen, die sich darauf beschränken, einen konfusen Stil zu imitieren.

Ungesundes Deutsch

Deutsch ist etwas wirklich Fürchterliches. Vor nicht allzulanger Zeit wurde ein spanischer Junge beim Deutschlernen wahnsinnig. Anscheinend wollte er es in drei Monaten lernen. Jeden Tag schloss er sich für acht bis zehn Stunden mit einigen enormen Grammatikbänden und riesigen Wörterbüchern in sein Zimmer ein. Er aß nur selten und schlief fast nie. Seine wenigen Stunden Schlaf waren von Dativen, Akkusativen und unregelmäßigen Verben bevölkert. Die Nachbarn hörten, wie er auf Deutsch träumte. Im Laufe von zwei Monaten, in diesem Kampf Mensch gegen Deutsch, gewann das Deutsch. Unser armer Landsmann wurde wahnsinnig.

Andere werden, was schlimmer ist, zu Idioten, und darüber hinaus werden sie zu besserwisserischen Pedanten. Wenn ich es dazu bringe, gut Deutsch zu können, ohne ein besserwisserischer Pedant zu werden und ohne dass ich mich völlig unerträglich verhalte, wäre das eine wirklich außerordentliche Leistung.

Ich habe einen Freund aus Rumänien, der zu den Menschen gehört, die in der ganzen Welt am meisten von der deutschen Grammatik verstehen; aber welchen Preis hat der Arme dafür gezahlt! Er trocknete über den Büchern aus und wurde runzelig. Mit krummgebeugtem Rücken, mit schiefem

Gang und in einem sehr weisen Gehrock geht er die Straße entlang, es sieht so aus, als ob der Wind ihn gleich mit sich fortwehen würde. Er hat keine Haare und keine Wimpern mehr. Die Zähne sind ihm in die Wörterbücher gefallen, es ist möglich, dass man einige von ihnen dort noch finden kann. Man sagt, er sei an Typhus erkrankt, dabei ist er an Deutsch erkrankt, das schlimmer ist als jede andere Krankheit. Für meinen illustren Freund existieren weder die Frauen noch die Musik noch die Freuden des Essens noch die Reize des Tanzens. Nichts an der Außenwelt außer der deutschen Grammatik ist für ihn noch von Interesse, von nichts anderem hat er irgendeine Ahnung. Das Buch des Lebens ist für ihn eine gigantische deutsche Grammatik.

Sagt man etwa zu ihm: »Sieh mal, die ist eine schöne Mädchen«, antwortet er: »Nicht ‚die Mädchen‘, ‚das Mädchen‘«, und verbessert den Artikel, den wir verwendet haben. Denn das einzige, das ihn an schönen Mädchen interessiert, ist ihr grammatisches Geschlecht. Mein Freund, wie die Figur einer Erzählung, die Sie vielleicht kennen, bringt es fertig, in einem Restaurant Rechtschreibfehler zu bestellen und dann zu sagen:

— Aber wenn Sie keine Rechtschreibfehler haben, warum setzen Sie sie dann auf die Speisekarte?

Sie mögen selbst entscheiden, ob es die Mühe lohnt, für diesen Preis Deutsch zu lernen. Selbstverständlich ist es besser, sofort verrückt zu werden und nicht erst darauf zu warten, dass Sie die deutsche Sprache in einen kompletten Vollidioten verwandelt. Wenn die Deutschen Deutsch lernen müssten, wie es Ausländer tun müssen, würde ihnen überhaupt keine Zeit übrigbleiben, noch den Kopf frei zu haben für all die Dinge, die sie jetzt gerade tun.

Im Land des Biers

Aus München

Seit zwei Stunden bin ich in München und ich habe mir schon drei Liter Bier zu Gemüte geführt. Hier ist das Land des Biers und der dekorativen Kunst. Darüber hinaus ist es ein überaus sympathisches Land. Zwischen den bayrischen und den preußischen Polizisten gibt es einen riesigen Unterschied. Die Münchner Polizisten schlagen einen nicht nur nicht, sie geben sogar auf freundliche Art und Weise jede gewünschte Auskunft. Die Menschen sind dick, leutselig und weder halten sie sich selbst für Spaßvögel noch machen sie Witze über Akkusative wie es die Preußen tun. In den Cafés, in den Biergärten, in den Restaurants, überall kommt anstelle eines Kellners mit kahlrasiertem Kopf eine Kellnerin, die beim Sich-nach-vorne-Beugen eine bayrische Brust auf den Tisch legt und sagt:

— Was wünschen Sie, mein Herr?

Die Stammgäste kommen sehr schnell mit einem ins Gespräch.

— Sie sind Russe, hm?

— Nein, mein Herr.

— Aha! Sie sind also kein Russe?

Und sie lachen. Sie lachen, um zu zeigen, dass sie sehr damit zufrieden sind, dass einer kein Russe ist; so wie sie lachen würden, um ihrer Freude Ausdruck zu geben, dass einer ein Russe ist, wäre er denn einer. Sie lachen viel mehr mit dem Bauch als mit dem Gesicht. Sie können sich nicht vorstellen, welche Ausdruckskraft der Bauch eines Münchners haben kann. Italiener und Griechen haben manchmal Gesichter wie drei Tage Regenwetter. Einem Münchner schaue ich auf den Bauch und ich weiß, ob ich ihm sympathisch oder unsympathisch bin. Generell bin ich ihm sympathisch, weil der Münchner ganz Optimist ist.

— Sie sind also kein Russe, sagen dann die Münchner. Ungar, hm?

— Nein, ich bin Spanier.

— Ah, Sie sind Spanier. Sehr gut. Sehr gut. Prosit! Und man trinkt ein vollmundiges und wohlschmeckendes Bier, das einen auf die Dauer so dick und wohlgesinnt, wie es der Münchner an sich ist, machen muss. Keine *american drinks* wie in Berlin, keine französischen oder englischen Moden wie in Berlin. Nur das traditionelle Bockbier und die riesige bayrische Pfeife.

— Ich habe gehört, sagte mir ein Münchner, dass man in Berlin das Bier mit Strohhälmchen trinkt. Hier trinken wir es so.

Und er nimmt sich eine Maß, einen Einliterkrug, den er vor sich stehen hat und leert ihn mit einem einzigen, langsamen Schluck. Um mit den Münchnern verkehren zu können, wird mir wohl für immer das entsprechende Magenfassungsvermögen fehlen. Ein Mensch mit genügend Magenfassungsvermögen würde sich am Ende in München wie zu Hause fühlen. Mit einem entsprechenden Magenfassungsvermögen und einer kleinen Rente wohlbemerkt, weil es hier, wie in allen Ländern, in denen das Leben tatsächlich angenehm ist, unmöglich ist, zu arbeiten.

Das Klima in München

Ich habe mehr als hundert Artikel verfertigt, die das englische Leben aus dem dort herrschenden Klima ableiten und erklären. In München spielt das Klima eine untergeordnete Rolle, hier ist das Bier das einzig Wichtige. Wenn die Münchner einen Fettbauch und einen trägen Charakter haben, ist die Schuld dafür beim Bier zu suchen und auch zu finden.

Ich weiß, dass ich nichts völlig Neues berichte. Es ist bekannt, dass der Champagner den Franzosen, der Genever den Holländer und der Sherry den Engländer beeinflusst, was eben je von ihnen getrunken wird, aber nirgends hat ein Getränk eine dermaßen klimatologische Wichtigkeit erlangen können wie in München. Bier ist die einzige physiologische Grunddeterminante in München. Es gibt helles und dunkles, es gibt gereiftes und frisches, aber es gibt nichts außer Bier. Das bayrische Land scheint mit Bierhefe geknetet worden zu sein. Der Himmel und die Wolken scheinen aus Bierdampf zu bestehen. Ich vermute, dass das Bier in München die Temperatur reguliert, wie es an anderen Orten das Meer tut. Das Leben schmeckt in München nach Bier. Die blonden und die braunhaarigen Mädchen sind – ganz nach Geschmack – so berauschend wie helles oder dunkles Bier, sie müssen eine dem *Spatenbräu* oder dem *Hacker-Pschorr* ähnliche Seele besitzen.

Das Bier in München ist mehr als der Nebel in London und mehr als die Sonne in Andalusien. Möchte man extravagantere Vergleiche anstellen, ist es mehr als das Opium für den Chinesen, mehr als das Morphin, der Äther und das Kokain für all die, die in der Welt nach künstlichen Paradiesen suchen. Der Münchner lebt andauernd in einem Bierparadies. Sein Rausch ist ein gelassener und glückseliger und muss von unbeschreiblichen Visionen bevölkert sein: Visionen dicker, sehr dicker Frauen, die in einem Teich mit einem Springbrunnen baden, der Bier in allen Farben in die Luft ausstößt … Was weiß ich!

Es gibt Brauereien in München, das Hofbräuhaus beispielsweise, die wie Kathedralen sind, da in Sachen Religion der Münchner in erster Linie Biertrinker ist. In diesen Brauereien trinkt man das beste Bier Münchens, hierher kommen sie alle: Reiche und Arme, Professoren und Kutscher und sie trinken und reden und stoßen am selben Tisch miteinander an. Das Bier macht sie zu Demokraten. München, Hochburg der deutschen Demokratie, ist dies dank des Biers.

Das Bier ist Brot und Wein für den Münchner, Seele und Körper, Religion und Klima. Es ist das Universum des Münchners, seine sichtbare und seine unsichtbare Welt.

Deutsche Produkte

Diese Deutschen haben die Welt mit Bier, Philosophie, Würstchen und Musik überschwemmt. All das ist stark und schwer. Um es gut zu verdauen, sind deutsche Mägen und deutsche Köpfe notwendig. In Spanien sind wir genügsam, ich weiß nicht, ob nun von Natur aus oder aus Gewohnheit, sowohl hinsichtlich materieller als auch philosophischer Nahrungsmittel: Deshalb richteten deutsche Produkte anfangs im Ausland großen Schaden an. Nietzsche ist nicht dasselbe wie Balmes[11], Frankfurter Würstchen sind keine Hartwurst aus Vich … Die ersten Bände des Verlagshauses *Sempere* und die ersten Bock-

---

11   Jaime Balmes: spanischer Philosoph (1810–1848).

biere der Brauerei *El Cocodrilo* lagen uns ziemlich schwer im Magen. Es gab zeitweilige Unpässlichkeiten und endgültige Verausgabungen. Manche aßen und tranken sich den Magen für immer unbrauchbar. Andere verloren den Verstand. Und bei all dem die Deutschen: so dick, so gesund, so vernünftig.

Ein Freund von mir musste wegen einer Magenverstimmung drei Tage lang im Bett bleiben, nachdem er eine Portion Sauerkraut gegessen hatte. Als ich ihn besuchte, war er gerade dabei, Schopenhauer zu lesen.

— Aber, Mensch, sagte ich zu ihm, wie willst du die deutsche Philosophie verdauen, wenn du nicht einmal Sauerkraut verträgst?

Die deutsche Philosophie hat die Irrenhäuser mit vielen neuen Opfern gefüllt. Die Ernährung hat die Krankenhäuser mit neuen Kranken bevölkert. Ach! Die französische Küche, so leicht und angenehm, diese so fröhliche Moral, diese so einfache, diese so leicht verdauliche Philosophie.

— Nein, nein, sagten die Deutschen. Sie werden in Zukunft Frankfurter Würstchen essen, den *Tannhäuser* hören, Bier trinken und deutsche Philosophie lesen.

Es gibt keinen anderen Ausweg, als sich all dem zu unterwerfen. Die Deutschen produzieren viel mehr als sie konsumieren und überschwemmen die Welt mit ihren Produkten. Ihr Bier und ihre Philosophie, ihre Würstchen und ihre Musik, ihre Knöpfe und ihre Messer, ihre Strickwaren und viele andere Dinge verkaufen sie in der ganzen Welt. Es sind eher gröbere und recht schwere Produkte, aber sie sind billig und praktisch. In Frankreich haben sie großen Erfolg. Die Franzosen stopfen sich mit germanischen Würsten, Bier und Philosophie voll und verlieren an Leichtigkeit und Esprit. Die gesamte Menschheit wird ernst, schwer und langsam.

Es gab eine Zeit, in der Frankreich die Welt leichter zu machen schien. Zum Klang von fröhlichen Triumphliedern entwickelten die Menschen die Gewandtheit von Tänzern. Alles machte man damals tanzend. Alles war Süße, Leichtlebigkeit und Esprit, alles war leicht verdaulich, Musik »*entraînant*«[12],

---

12 Franz.: mitreißend.

optimistische Weine, eine Philosophie ohne viel Bedeutung. Seitdem hat die Menschheit ihr Gewicht verdoppelt. Das liegt am deutschen Vernunftballast.

Es gibt keine Bären

Ich bin ein wenig enttäuscht. Ich dachte, ich würde hier den deutschen Bären finden, der sehr ernst, sehr schmutzig, sehr plump und sehr schwerfällig sein soll. Ich dachte, die Cafés seien voller Bären, welche mit an die Ohren gebundenen Brillen sehr feierlich die mit Fraktur bedruckten Seiten des *Berliner Tageblatts* lesen.

Die Bälle Berlins, die so zahlreich und groß sind, ich habe sie mir von Tanzbären bevölkert vorgestellt, die mit ihren Pranken das morbide Fleisch der deutschen Frauen zerdrücken würden. Überall Bären. Der preußische Staat legte einigen einen Maulkorb um und man führte sie an einer Leine durch die Straßen.

Ich gestehe, dass ich mich getäuscht habe. Diese Deutschen sind nicht einmal plump. Man sitzt mit ihnen im Café und man hat nie das Gefühl, dass sie einem einen Prankenhieb verpassen wollen. Sie haben sich die Haare ordentlich gekämmt und lächeln sogar häufig. Sie haben alle ihre ehemalige Bärenschwere verloren und viele von ihnen sind keine Philosophen. Der Berliner von heute zieht sich nach englischer Art an und ist gesellig. Man kann ihn zu einem Treffen junger Damen mitnehmen, ohne Angst haben zu müssen, dass er etwas sehr Wichtiges sagt. Er ist ein vornehmer, korrekter, beinahe mondäner Mensch und ich bin von ihm enttäuscht.

Früher waren die jungen Deutschen anders. Jeder von ihnen hatte zu Hause ein sehr großes Buch und er verbrachte die Nächte damit, es bei Kerzenschein zu lesen, weil es damals in Berlin noch keinen Strom gab. Diese jungen Leute waren spindeldürr und sehr groß. Ihren Beinen konnte man beim Wachsen unter dem Studiertisch regelrecht zusehen. Sie trugen dicke Brillen, die an sehr großen Ohren festgemacht waren. Durch diese Brillen hindurch machten sich diese jungen

Deutschen ein sehr ernstes Bild von der Welt. Wenn sie auf die Straße gingen, zogen sie sich wissenschaftliche Gehröcke voller Flecken an und klemmten sich einige riesige Bücher unter die Arme. Die Jahre vergingen. Die Studenten wurden Professoren. Es wuchsen ihnen Bärte, die sie nie pflegten, es fiel ihnen ihr gesamtes Haar auf dem Kopf aus und sie wurden fett. Die Gehröcke blieben dennoch dieselben und, da sie ihnen äußerst eng anlagen, trugen sie sie immer offen und sie ließen sie frei im Wind flattern.

Wer kennt nicht die typischen Zeichnungen, auf denen ein deutscher Student oder Professor zu sehen ist? Und man muss anmerken, dass sie nur aus einer bestimmten Perspektive komisch wirken. Sie wirken zwischen Menschen von Welt komisch, in einem Salon, aber auch nur dort. In ihrer natürlichen Umgebung – der Studierstube und der Wissenschaft – wirken diese Brummbären höchst verehrungswürdig.

Aber es gibt keine Bären mehr in Berlin. Zumindest gehen sie nicht mehr auf die Straße oder ins Café. Der zeitgenössische Berliner ist ganz Gesellschaftsmensch, freundlich, vornehm, zuvorkommend und so nett, dass er in vielen Fällen nicht einmal mehr altgriechisch kann.

Doktor Faltz

»Die andern Weltteile haben Affen. Europa hat Franzosen.«
(Schopenhauer)

Doktor Faltz, mit dem ich mittels einer Zeitungsannonce in Kontakt gekommen bin, hat die Gewohnheit, meine Artikel zu lesen, mit deren Hilfe er seine Spanischkenntnisse perfektionieren möchte. Nachdem ich etwas über die deutschen Bären geschrieben hatte, kam er mich in leicht erzürnter Stimmung besuchen.

— Also Sie glauben, dass wir alle Bären sind?

— Sehr wohl, mein Herr.

— Aber nun glauben Sie, dass wir es nicht mehr sind?

— Damals schon; heutzutage sind Sie nicht mehr der typische Schlechtelaunebär; aber Sie haben immer noch viel von einem

Bären an sich. Sie haben immer noch jene Schwerfälligkeit und Langsamkeit, jenen Ernst und jene Kraft und eine große Neigung zum Tanz.

— Das ist möglich; im Gegensatz zu uns Deutschen sind die Franzosen gewandt, leichten Sinnes und sie haben Esprit. Sie verstehen weder die transzendentale Musik noch die Philosophie. Ich kann nachvollziehen, dass wir Ihnen, als Sie aus Frankreich in Deutschland ankamen, wie Bären vorkommen mussten.

— Die Franzosen sind Affen, mein lieber Herr Doktor, wie es recht treffend jener deutsche Bär, der sich Schopenhauer nennt, gesagt hat: »Die andern Weltteile haben Affen. Europa hat Franzosen.« Der deutsche Bär und das englische Kalb blicken auf den französischen Affen mit einer gewissen Verachtung, sie betrachten ihn als den Clown des Tierreichs, aber von Zeit zu Zeit bleibt ihnen nichts anderes übrig, als gemeinsam mit ihm zu lachen. Diese Franzosen haben tatsächlich Esprit. Man muss sich nur anschauen, mit welcher Leichtigkeit sie auf die Bäume des *Boulevard des Italiens*[13] klettern und wie sie dort von Ast zu Ast springen! Es sind kleine Ferkel und manchmal gehen sie vor Publikum dann doch zu weit. Dann muht das englische Rindvieh empört auf und die deutschen Bären kehren nach Deutschland zurück, um ernsthaft und aus Liebe zum Tanz, und nicht einer begehrlichen Lust wegen zu tanzen. Aber früher oder später kehren die meisten von ihnen nach Paris zurück, mit einer zeitweiligen Toleranz im Gepäck, um so aufs Neue jene so lustigen Affen und jene so hübschen Französinnen anzuschauen.

Ja, mein Herr, die Franzosen sind Affen. Was für eine Leichtigkeit, was für eine Anmut, was für eine Gewandtheit hat der französische Geist. Was für ein Unterschied zum deutschen Ernst und Tiefsinn oder zur englischen Strenge und Einfachheit! Und wie eindrucksvoll ist die Fähigkeit dieser französischen Affen, Dinge nachzumachen! Wie sie alles imitieren und nachmachen! Die Deutschen haben das Schießpulver und die Buchpresse erfunden, aber sie können nichts

---

13   Boulevard in Paris.

nachmachen. Die Franzosen können alles nachmachen: bis hin zur deutschen Ernsthaftigkeit. Manchmal setzen sie sich eine Brille auf die Nase und beginnen, Philosophie zu schreiben, so wie die Bären und erzielen so einen recht komischen Effekt. Und genauso gibt es deutsche Bären, die Esprit haben, leichten Sinnes sein, Sprünge machen, auf die Bäume von *Unter den Linden* klettern und äffische Drolligkeiten machen wollen, es aber nicht können. Die Deutschen sind die Bären Europas, mein lieber Herr Doktor.

— Und Sie?, fragt mich der Doktor.

— Wir?

— Ja, Sie, die Spanier.

— Wir sind Stiere. Das Schauspiel, das wir der Welt vorspielen, ist weder lustig noch philosophisch, aber es ist sehr dramatisch. Man hänselt uns, man betrügt uns mit einem roten Tuch. Wir greifen die Luft oder die erste Sitzreihe der Arena derart an, dass wir jegliche Angriffslust verlieren. Manchmal sticht man uns mit brennenden *banderillas,* der Schmerz reizt uns und gibt uns neue Kraft. Dazu blauer Himmel und strahlende Sonne; und wunderschöne Frauen. Schon laufen die Pferde los, schon reizen sie uns – und wir erwarten unseren Todesstoß.

Ausländer in Deutschland

Wenige Tage nach meiner Ankunft in Berlin saß ich an der Theke in einer Bar und lauschte verständnislos einer Bardame, die vergeblich versuchte, mit mir ein Gespräch zu beginnen. Am anderen Ende der Theke sah ich einen jungen Mann im Smoking, der mit seiner Bardame den gleichen Kampf austrug. Wir blickten uns an.

— Sie sprechen kein Deutsch?

— Nein. Und Sie?

— Ich auch nicht.

Wir rückten unsere Barhocker zusammen und begannen, gemeinsam zu trinken. Wir wurden dicke Freunde. Er war Bulgare und kürzlich in Berlin angekommen. Er sprach nur bulgarisch und ich konnte mich mit ihm nicht verständigen.

Dennoch schien mir dieser Mensch ein Landsmann zu sein. Er sprach kein Deutsch und ich sprach es auch nicht, und diese Unkenntnis der Landessprache war für uns, als ob wir eine gemeinsame Sprache besäßen. Wir betrachteten uns als die Söhne ein und desselben Volkes. Söhne des köstlichen Landes, in dem kein Deutsch gesprochen wurde. An der Seite des anderen fühlten wir uns stärker. Wir stießen unsere Gläser gegeneinander, als ob wir auf ein gemeinsames Vaterland anstießen. Die Unkenntnis der deutschen Sprache verband uns so sehr oder sogar noch mehr, als uns eine Sprache hätte verbinden können, die weder die seine noch die meine gewesen wäre. Die Bardamen glaubten, dass der eine die Sprache des anderen verstehe oder dass wir eine Mischsprache sprächen. Als ich mich von dem Bulgaren verabschiedete, hatte ich ein Gefühl, ähnlich als wenn ich mich mit einem Spanier unterhalten hätte.

Seitdem hat mein Deutsch einige Fortschritte gemacht, aber ich werde diese schreckliche Sprache niemals beherrschen. Ich habe nicht genügend Kraft, die deutschen Konsonanten auszusprechen. Mein Geist, deutsch angezogen, macht eine Figur, die der ähnelt, die ich in einer Ritterrüstung machen würde. Ach, dieses Französisch! Dieses so vornehme, leichte und zarte Französisch, das wie ein Seidenhemd ist. Die Deutschen werden niemals Französisch sprechen können, mögen sie es auch noch so gründlich gelernt haben. Ein Deutscher, der Französisch spricht, wirkt wie ein Bauer, der seine Holzschuhe aus- und Lackschuhe angezogen hat. Im Gegensatz dazu verlieren die französischen Ideen, befinden sie sich in deutschen Wörtern, all ihren Reiz. Jedes deutsche Wort wiegt mehrere Kilo. Die Philosophen haben es mit Philosophie gefüllt, die Soldaten mit Konsonanten. Ein französischer Geist, der versucht, mit deutschen Wörtern zurechtzukommen, gleicht einem Taschenspieler, der zu jonglieren versucht und dabei seinen Kameraden als herkuleische Jonglierkeule verwendet. Auf Französisch ist es sehr leicht, geistreich zu sein, so wie es auf Deutsch sehr leicht ist, tiefgründig zu sein. Im Laufe ihrer Entwicklung hat sich die französische Sprache ihre Wörter immer mehr poliert, verfeinert und leichter gemacht. Die Deutschen hingegen haben die ihren immer mehr verkompliziert und verdichtet. Einer will sich ein deutsches Wort nehmen und es fröhlich in die Luft werfen, aber jenes Wort, voller Ideen, ist unseren Kräften bei Weitem überlegen.

Das Deutsche, sagt Voltaire, hat viele Konsonanten und wenig Esprit.

Anderntags musste ich einem Freund in Paris ein deutsches Buch per Einschreiben schicken. 500 Seiten, 1400 Gramm. Das Einschreiben kostete mich ein Vermögen. Zu Hause angekommen, erzählte ich den Vorfall einem Deutschen und ich zeigte ihm ein englisches Buch mit der gleichen Seitenanzahl: 250 Gramm.

— Die Engländer sind die Könige des Papiers, sagte mir der Deutsche. Das Papier englischer Bücher ist bewundernswert.

— Ach, Sie glauben, dass das Papier die deutschen Bücher so viel wiegen lässt?

— Natürlich. An was soll es denn sonst liegen?

An was sonst? An der Sprache, den Wörtern, den Ideen. Das ist nicht im Geringsten zu bezweifeln.

Der Erneuerer des Theaters

Ganz Berlin hat die Aufführung des »Mirakel« gesehen. »Das Mirakel« ist eine Pantomime, das Original stammt von Vollmöller. Das Original, na ja, das ist etwas Relatives. Es gibt die, die sagen, »Das Mirakel« stammt aus einem Werk von Villiers de l'Isle Adam; andere wiederum entdecken viele Ähnlichkeiten mit der »Soeur Beatrice« von Maeterlinck. Außerdem ist die *mise en scène* wichtig, für die Max Reinhardt verantwortlich ist. Max Reinhardt ist *der* Reformator des deutschen Theaters. Ihm zufolge ist das Theater keine moralische, sondern eine literarische Anstalt. Das Theater ist Theater. Es geht nicht darum, Rollen zu schreiben, in denen die Schauspieler brillieren können, auch nicht darum, die Schauspieler dem literarischen Glanz der Autoren unterzuordnen. Die einen gehören nicht den anderen, sondern alle gehören dem Theater. Derselbe gute Schauspieler muss heute eine tragische Rolle spielen und morgen einen Clown. Dramaturgen und Schauspieler können so viel Genialität haben, wie sie wollen, sie dürfen nie die Bühne als ihnen allein gehörend betrachten, sondern sich selbst als Elemente, die der Bühne zur Verfügung stehen.

Überzeugt von dieser Theorie, hat Max Reinhardt wundervolle Verse Shakespeares gekürzt und gestrichen, die das literarische Genie des sublimen Stückeschreibers gezeigt hätten, die aber Reinhardts Urteil zufolge auf der Bühne überflüssig waren. Und wie Shakespeare erging es auch Schiller, Goethe und vielen anderen. Die Feinde von Max Reinhardt protestierten empört. »Ein Mittsommernachtstraum«, »Die Räuber«, »Faust«, das alles von Max Reinhardt in Szene gesetzt, sei zwar auf seine Weise gut, sei aber nicht Shakespeare, Schiller oder Goethe. Es sei Max Reinhardt. Man beschuldigte den großen Regisseur, bewundernswerte Aspekte der Meisterwerke wegzustreichen und sie damit zu verstümmeln.

— Diese Meisterwerke haben auf meiner Bühne keine Sonderrechte, sagt er. Die Bühne darf sich den Meisterwerken nicht unterwerfen. Was ich mache, ist das, was man machen muss: die Meisterwerke für die Bühne bearbeiten.

Max Reinhardt, ein jüdischer Österreicher, musste einen schmutzigen Kampf austragen, bis er Regisseur am Deutschen Theater wurde. Er hat immer noch viele Feinde, ist aber schon eine feste Instanz. Er ist nicht nur in Deutschland populär, sondern auch in London, Paris, New York, Sankt Petersburg, in Moskau, Wien, Budapest und Stockholm. In allen diesen Städten hat man seine Bühnenwunder gesehen und alle haben ihm applaudiert. Die Regiearbeit von Max Reinhardt ist tatsächlich ein Wunder. »Im Theater«, sagt Max Reinhard, »hat das Auge exakt die gleichen Rechte wie das Ohr.« Und nicht nur das Auge, sondern auch die Nase. Wenn in einer Inszenierung Max Reinhardts vor dem Zuschauer eine Kaffeekanne erscheint, gibt es in der Kaffeekanne echten Kaffee, der viel besser ist als in den echten Cafés und dessen Aroma durch das ganze Theater strömt.

»Das Mirakel« wurde schon in London in der gigantischen Olympiahalle aufgeführt. Um es in Berlin aufzuführen, hat Max Reinhardt den *Zirkus Busch* gemietet. Die Manege und eine ganze Seite des riesigen Amphitheaters bilden die Bühne, die eine große Kirche darstellt. Oben, wo sonst die Trapeze der Artisten hängen, verlieren sich nun einige sehr hohe gotische Säulen in der Höhe. Durch verschnörkelte Kirchenfenster fällt trübes Licht. Unsichtbare Glocken spielen das Angelusläuten ... Es gab ca. 500 Schauspieler und 4500 Zuschauer. Die Geste eines einzelnen Schauspielers lässt uns meistens gleichgültig. Wir können sein Talent bewundern, aber ansonsten praktisch nichts. Wer aber wird hingegen von einer großen Menschenmenge, die weint oder lacht, nicht erschüttert? Deshalb ist das Ideal Max Reinhardts, ein Theater zu erschaffen, wo zumindest ein halbes Tausend Schauspieler arbeitet. In diesem *kolossalen* Theater, das sich sehr gut mit dem deutschen architektonischen Geschmack verträgt, funktioniert der Chor wie ein Vergrößerungsspiegel, in dem die von den Schauspielern ausgedrückten Gefühle ins Ungeheure anwachsen, um sich dann über das Publikum mit einer unglaublichen Intensität auszubreiten. Wir alle haben etwas von kleinen Lämmchen und Herdentieren. Angesichts der Leidenschaft einer Menschenmenge von 500 Personen vergisst der Zuschauer seine Rolle als Zuschauer und beginnt seinerseits, zu weinen oder zu lachen, er nimmt so am Theaterstück teil und arbeitet an ihm mit, er wird zu einer Verlängerung des Chors, was die Absicht von Max Reinhardt ist. Und etwas davon hat man schon im »Mirakel« sehen können.

Natürlich ist Max Reinhardt ein strittiger Fall. Ich will niemanden zum Maxreinhardtismus bekehren, dem ich selbst gar nicht anhänge; aber die Auffassungen dieses großen Reformators des Theaters zu kennen, scheint mir doch absolut der Mühe wert zu sein.

Der deutsche Journalismus

Ich habe hier ein Exemplar des *Berliner Lokalanzeigers*. Unter dem Titel steht: »32. Jahrgang«. Diese 32 Jahre des *Berliner Lokalanzeigers* umfassen die ganze Geschichte des deutschen Journalismus.

Natürlich gab es schon vor dem *Berliner Lokalanzeiger* viele andere Zeitungen in Deutschland. Die Stadt Augsburg hatte eine im Jahr 1505. Berlin hatte eine andere im Jahr 1628. Dennoch kann man sagen, dass es noch vor einer Generation keinen echten deutschen Journalismus gegeben hat. Damals waren alle Zeitungen in etwa das, was heute die Tageszeitung *Germania*, Sprachrohr der Zentrumspartei, ist. Die *Germania* erhält gewöhnlich nur alle 30 Jahre mal ein Telegramm: immer dann, wenn ein Papst stirbt.

Reportagen über das alltägliche Leben? Artikel, die den Leser über etwas informieren? Telegramme? Überseetelegramme? Telefonische Mitteilungen? Die Einführung dieser Kommunikationsmittel in den deutschen Journalismus vor 30 Jahren erzeugte eine so große Empörung, dass der *Berliner Lokalanzeiger,* der damit als erster begann, *Skandalanzeiger* genannt wurde. Die damaligen Leser kauften eine Zeitung, um etwas über Platon oder die neuesten metaphysischen Neuigkeiten zu erfahren. Ein Schreiber schrieb damals für eine Tageszeitung, als ob er dort seine Worte in ewige Bronzetafeln eingravieren lassen könnte. Man gab solchen Zeitungen den Vorzug, die in Moralwissenschaft besser informiert waren, so wie man heute denen den Vorzug gibt, die mehr Nachrichten veröffentlichen. Kant, Fichte, Schopenhauer, Hegel ... »Die deutschen Zeitungen verwenden Frakturschrift«, sagte ein englischer Schriftsteller, »und auch einen gotischen Stil.«

Während des Kriegs zwischen Preußen und Frankreich gab es einige Zeitungen wie die *Kölner Gazette* und eine Frankfurter Zeitung, die spezielle Redakteure ins Kriegsgebiet schickten, doch das war eine Ausnahme. Es fielen Ministerien, es ereigneten sich Revolutionen, Flüsse traten über ihre Ufer, Vulkane brachen Lava spuckend aus, die Erde bebte – und der deutsche Zeitungsleser bekam von all dem nichts mit. Die deutschen Zeitungen sprachen in weisesten Studien weiterhin über Platon. Wenn es damals eine Zeitung auf 5000 Exemplare brachte, wurde das schon als eine äußerst hohe Auflage betrachtet.

Der *Berliner Lokalanzeiger* begann wie die *ABC* als eine Wochenzeitung und wurde nach zwei Jahren zu einer Tagezeitung umgewandelt. »Weniger Meinungen, mehr Nachrichten«, sagte ihr Gründer August Scherl, der immer noch lebt und arbeitet. »Hundert Mark Nachrichten erzeugen mehr Profit als tausend Mark Metaphysik.« Der *Berliner Lokalanzeiger* schickte Redakteure in die wichtigsten Hauptstädte Europas, machte von Kabeln, Telegrafen und Telefon Gebrauch und versetzte seine Leser in direkten Kontakt mit der Welt. Zugleich versuchte man, neue Leser zu gewinnen, indem man mehrere Zweigstellen in der Hauptstadt eröffnete, Sonderausgaben verschenkte und Preisausschreiben veranstaltete. Erstens musste die Zeitung interessant sein und zweitens durfte diese interessante Zeitung nicht im Geheimen erscheinen. Und vor allem gab es die Devise: »Die beste Politik einer Zeitung ist, keine zu haben.«

Der Erfolg war riesig. Der *Berliner Lokalanzeiger* brachte es auf 100 000, 150 000, 200 000 Exemplare. Er vervielfachte seine Auflagen, begann, Beilagen und Sondernummern herauszugeben ...

Und durch den Anstoß des *Berliner Lokalanzeigers* entstand ein Publikum für Zeitungen und ein gewisser Typ von Journalisten. So wurden andere Zeitungen geboren wie das *Berliner Tageblatt*, das heute den Markt beherrscht – der *Berliner Lokalanzeiger* existiert heutzutage nur noch auf dem Papier. Der moderne deutsche Journalismus stellt eine so große Leistung dar wie die deutsche Marine, sein Tirpitz ist August Scherl, der Gründer des *Berliner Lokalanzeigers*, der nichts Skandalöses mehr an sich hat. Vom alten Journalismus blieb nur die *Germania* übrig, die das Publikum über das Ableben der Päpste informiert; die *Kreuzzeitung*, die sich mit Literatur und Metaphysik befasst und die *Vossische Gazette*, die deutsche Schlafmütze, umgangssprachlich *Tante Voss* genannt.

Das Café Größenwahn

— Ich bin ins *Café des Westens* gegangen und es war beinahe vollkommen leer.
— Was ist passiert?

— Alle gehen jetzt in das andere Lokal. Wissen Sie denn nicht, dass wir ein anderes Lokal eröffnet haben?

Das *Café des Westens* hat tatsächlich ein neues Lokal eröffnet. Es ist beinahe ein Palast und es befindet sich am Kurfürstendamm, die beste und reichste Adresse Berlins. Dorthin geht ein vornehmes und elegantes Publikum: schöne Frauen, die mit Schmuck behängt sind, Männer, die sich in prachtvollen Automobilen herumfahren lassen ... Dennoch ist dieses Publikum nichts gegen das des alten *Café des Westens*. Das alte *Café des Westens* war das Café der Berliner Boheme. Jede Nacht füllte es sich mit Dichtern, Musikern, Malern samt ihren Modellen und Theaterkünstlern. Es gab eine Zeit, in der es hier keinen Schmuck außer dem Goldzahn eines ungarischen Malers gab: Seine Freunde machten Witze, damit er zu lachen begann, und der ungarische Maler öffnete den Mund und zeigte so prahlerisch seinen goldenen Einschub, dass man dachte, er würde dafür bezahlt. Manchmal bestellte er eine Portion Käse und er nahm den Zahn heraus, bevor er den Käse aß.

— Ihr versteht wohl, dass ich keinen dermaßen wertvollen Zahn für ein derartig einfaches Essen einsetzen werde. Das hebe ich mir auf für die Tage des Ruhms und der guten Ernährung.

— Die Frauen im *Café des Westens* trugen damals Kleidung, die in den Malerwerkstätten ersonnen wurden, nicht in Modeateliers. Es war Künstlerkleidung, also billig. Die Männer hatten alle lange Mähnen. Man unterhielt sich dort, schmiedete Verse, man komponierte, philosophierte und rauchte. Man tat alles, außer etwas zu verzehren. Der Pfeifenrauch bildete in der Luft prachtvolle Trugbilder. Die Tischplatten aus Marmor füllten sich nach und nach mit Versen und Zeichnungen.

Das alte *Café des Westens* war direkt neben dem Zoologischen Garten. Manchmal verirrte sich ein Bürger in das Café und betrachtete das Publikum völlig desorientiert, als ob es eine völlig neue Tierart wäre. »Diesen Menschen mangelt es völlig an Methode!«, muss der deutsche Bürger gedacht haben.

Aber es gab einige unter diesen Menschen, die später nicht nur in Deutschland, sondern in der ganzen Welt berühmt wurden. Rechts von der Eingangstür trank jeden Abend Wedekind, der heute der größte Deutsche Dramatiker ist, seinen Kaffee. Mit ihm am Tisch saßen Oscar Strauss und Max Reinhardt, der derzeitige Direktor des Deutschen Theaters. Ernst von Wolzogen gründete an eben diesem Tisch das *Theater aller Zeiten*. Vom *Café des Westens* aus begann sein Ruhm über Berlin hinaus zu strahlen.

Und das Publikum des *Café des Westens* verwandelte sich in ein Schauspiel für ein zweites, elegantes und reiches Publikum. Die Papas brachten ihre Töchter in das Café, und wenn sie einen bemähnten jungen Mann sahen, sagten sie ihren Töchtern:
— Lacht nicht, meine Töchter, diese ungekämmten jungen Männer im *Café des Westens* sind alle Genies.

Die jungen Männer dachten ihrerseits, die Mädchen würden sich in sie verlieben, sie träumten von romantischen Leidenschaften. Und die Mädchen dachten, wenn sie so einen hübschen Künstler sahen:
— Wenn er sich doch nur die Haare schneiden lassen und sich einen ordentlichen Anzug anziehen würde ...

Eigentlich war es schmeichelhaft für Berlin, das ein Dorf voller *snobs* ist, ein Dichter-, Boheme- und Malercafé zu besitzen, eines wie die im Quartier Latin in Paris.

Das *Café des Westens* begann, Geld abzuwerfen, man baute einen Palast und jetzt ist es ein elegantes und vornehmes Café mit Marmorwänden und Silberservices. So endet die Boheme immer, wenn sie nicht auf dem Friedhof landet. Die Geschichte des *Café des Westens* ist wie die Geschichte Richepins, des akademischen Vagabunden aus Frankreich, über ein spanisches Beispiel möchte ich mich an dieser Stelle ausschweigen.

Ein vom Pech verfolgter Mensch

Eines Tages tauchte in der Kirche von Partenkirchen beim Gottesdienst ein Fremder auf.

Als die Leute ihn sahen, konnten sie vor Lachen nicht an sich halten. Was war das für ein seltsamer Fremder? Jener

Fremde hatte tatsächlich etwas Seltsames an sich: Er hatte keinen Kropf. Hätte er wenigstens einen bescheidenen Kropf gehabt, etwa ein halbes Kilo, wäre er ein völlig normaler Mensch gewesen; aber ohne den geringsten Kropf, ohne jenen Auswuchs, der in Tirol etwas Unerlässliches ist, hatte sein Hals in Partenkirchen eine überaus komische Wirkung.

Dans le pays de bossus.
Il faut l'être ou le paraître
Dans le pays de bossus
Les dos plats sont très mal vus.[14]

Die Leute lachten so sehr, dass der Pfarrer, ein gebildeter und intelligenter Mensch, einschreiten musste. »Meine Kinder«, sagte er zu seiner Pfarrgemeinde, »ihr, die ihr am Fuß des Gebirges geboren wurdet, der das Werk unseres heiligen Gottes ist, seid unschuldige und gutmütige Seelen und es mag mir nicht gelingen, zu verstehen, weshalb ihr über den Fremden lacht, der gerade unsere heilige Kirche betreten hat. Dem Fremden mangelt es an einem Kropf; aber dies ist keinerlei Grund, sich über ihn zu amüsieren. Denn man darf sich niemals über fremdes Unglück amüsieren.«

Dies geschah eines Tages in Partenkirchen, so erzählte es mir eine Hotelangestellte, ein an Fleisch und Kropf reichlich beschenktes Mädchen. Manche behaupten, der Kropf würde durch das reine Gebirgswasser entstehen, andere wiederum versichern, er würde durch persönlichen Kontakt entstehen. Die Mädchen bedecken ihn wie eine weitere Brust auf kokette Weise. In Tirol wird der weibliche Kropf als etwas Reizvolles betrachtet. Manche lieben ihn klein und hart, andere lieben ihn sehr ausgeprägt, und kein Mädchen würde es wagen, ohne Kropf auszugehen. Hätte ein Mädchen tatsächlich keinen Kropf, ich glaube, dass sie dazu fähig wäre, sich einen künstlichen an den Hals zu binden.

---

14 Im Land der Buckligen / Muss man bucklig sein oder es scheinen / Im Land der Buckligen / haben die geraden Rücken einen schlechten Ruf.

Ich kam in einem recht pittoresken Zug in Partenkirchen an. Alle Fahrgäste waren ausgestattet mit Bergwanderstock, Bergstiefeln mit genagelten Sohlen und ihren Rucksäcken, in denen sie alles Erdenkliche herumtrugen: Seile, mit denen man sich auf gefährlichen Bergpässen festbinden kann, Wurst, Käse und Schwarzbrot. Das Bergsteigerpublikum verströmte einen schwindelerregenden Geruch, der, wie man mir erklärte, von einem speziellen Fett herrührt, mit dem die Alpinisten ihre Stiefel imprägnieren. Auf dem Heimweg vom Berg zurück bemerkte man einen weiteren Fettgeruch; bei diesem handelte es sich nicht um das Fett auf den Stiefeln, sondern um das Fett der Alpinisten selbst, die man in diesem Zustand zu Reinigungszwecken am liebsten mit einem Kran angehoben und in ein Becken getaucht hätte.

Partenkirchen lebt von den Bergen. Hier sieht man den Bayern noch in seinem Naturzustand: Er ist riesig, gutmütig und altväterlich. Vor allem ist er dekorativ. Vor diesen so sauberen, guten und fröhlichen kleinen Dorfhäuschen, deren Farben stets mit der Landschaft harmonisieren, sieht man gewöhnlich einige ernst dreinschauende Bayern, die mit ihren den Oberschenkel halb bedeckenden Lederhosen und ihren grünen Trachtenjäckchen, über die ihre fächerförmigen Bärte wehen, auf Holz- oder Steinbänken sitzen und ihre riesigen bayrischen Pfeifen rauchen. Sie bewegen sich nicht im geringsten und geben kein einziges Geräusch von sich. Es scheint, als ob die städtische Münchner Ästhetikkommission ihnen jegliche Bewegung verboten hätte.

Was machen diese Bayern, abgesehen von ihrer rein ornamentalen Funktion?, fragt man sich.

Die Mädchen mit geflochtenem Haar, einem blauen Leibchen und einem kurzen farbigen Rock, sind bildhübsch. »Wenn ich jemals eine Bayerin lieben werde«, denkt der Reisende mit gutem Geschmack, »dann nur, wenn sie ein Dirndl trägt. Diese Mädchen, die eine reine Seele und üppiges Fleisch haben, sind wie geschaffen für ein Dirndl. In dieser Tracht sieht sogar noch ihr Kropf verführerisch aus.

Die Bayern sind Menschen vom Land. Junge Damen aus München, die nach der neuesten Mode der Stadt gekleidet schlecht aussehen, sehen, wenn sie einen Ausflug aufs Land machen, in einem Dirndl reizend aus. Die bayrische Architektur, die im Münchner Stadtbild oft so jämmerlich ausschaut, entzückt einen, wenn man sie bei Ausflügen aufs Land in bayrischen Dörfern oder Bauernhöfen sieht. Der Bayer ist immer noch, ein Glück für ihn, ein Mensch vom Land und ein Bergbewohner. Und wenn man mit einem Bayern spricht, mit einem dieser riesigen, gutherzigen und ernsthaften Bayern, scheint es, als ob man persönlich direkt mit dem Gebirge sprechen würde.

Das deutsche Volk

Ich lebe jetzt seit zwei Jahren in Deutschland und bislang habe ich nichts davon mitbekommen, dass es hier ein deutsches Volk gäbe. Ich habe gesehen, dass es hier eine Philosophie gibt und eine Textilindustrie, ein großes Heer und viel musikalische Kunst; aber das, was sich ein Volk nennt, habe ich nicht gesehen. In Frankreich gibt es eine Obrigkeit und ein Volk; der Einfluss des französischen Volkes macht sich in den Sitten, in der Sprache, in allem bemerkbar. In Spanien gibt es ein Volk, aber keine Obrigkeit.

Sicher, in Deutschland gibt es Angestellte und Handwerker, Maurer und Stenotypistinnen, Pförtnerinnen und Zimmermänner, aber das Ideal dieser Leute besteht nicht darin, zu regieren, sondern darin, regiert zu werden. Viele Gesetze und wenig Sitten. Viel Kritik und wenig Literatur. Viel Obrigkeit und sehr wenig Volk. Die deutschen Sitten sind eine Folge der Gesetze, also genau umgekehrt wie sonst überall. Die Literatur – eine monströse Angelegenheit, wie Madame de Stael und Heine beobachtet haben – ist nur eine Folge der Literaturkritik. Das Volk wiederum ist lediglich bloße Folge der Obrigkeit. Deutschland ist letzten Endes, wie seine Färbemittel und Parfüme, ein synthetisches Chemieprodukt, eine kraft Hartnäckigkeit und Intelligenz künstlich hergestellte Sache. Schauen wir uns die deutsche Marine an. Bei anderen Völkern gab es erst das Meer, dann gab es Matrosen und später, als eine Folge der geografischen Lage und maritimer Traditionen, eine große Marine. In Deutschland gab es von heute auf morgen eine Kriegsflotte ersten Ranges; die Kriegsflotte wurde fertiggestellt, dann folgten die Matrosen und jetzt versucht man ein offenes Meer zu finden, ein weites und freies Meer. Die maritimen Traditionen werden ganz am Ende hinzukommen ... Sehen wir uns Handel und Industrie an. Deutschland hat eine große Industrie und einen großen Handelssektor erschaffen, und als beide Dinge erschaffen waren, haben sich die Deutschen unversehens in Händler und Industrielle verwandelt. Danach hat Deutschland damit begonnen, Märkte zu suchen.

Was mir unerklärlich bleibt, ist die Existenz von unregelmäßigen Verben im Deutschen. Das Deutsche ist die logischste Sprache auf der Welt. Es ist eine für Weise gemachte Sprache, eine, auf die das Volk nicht den geringsten Einfluss gehabt hat; alle Wörter des Deutschen sind neu, funkelnagelneu und sie erinnern einen an jene Wörter, die man erschafft, um wissenschaftliche Erfindungen zu bezeichnen: Telefon (von *tele*, Entfernung, und *fonos*, Klang), Telegraf, Kinematograf ... Auf Deutsch heißen *cerillas* Zündhölzer, zusammengesetzt aus zünden (*encender*) und Holz (*madera*); *guantes* heißen Handschuhe, zusammengesetzt aus Hand (*mano*) und Schuh (*zapato*); *pañuelo* heißt Taschentuch, zusammengesetzt aus Tasche (*bolsillo*) und Tuch (*paño*). Alle diese Wörter scheinen gerade eben erst hergestellt worden zu sein. Das Volk hat sie nicht abgeändert, es hat sie nicht korrigiert, es hat ihnen nicht seinen Geist eingeflößt.

Wo ist das deutsche Volk, wenn es nicht in den Sitten, nicht in den Traditionen, nicht in den Geschmäckern noch in der Sprache zu finden ist? Die Deutschen essen das, von dem die Ärzte sagen, es sei das Gesündeste und sie lesen das, von dem die Kritiker versichern, dass es das Beste sei. In allen deutschen Häusern, in denen ich gewohnt habe, habe ich beobachtet, dass die Dienerschaft Goethe und Schiller gelesen hat. Kultur? Nein. Die spanische Pförtnerin, die Ponson du Terrail statt den Quijote liest, hat einen literarischen Geschmack, einen kultivierten Geschmack, mag er nun gut sein oder schlecht sein, aber am Ende hat sie immerhin einen Geschmack. Aber die deutsche Dienerschaft, weil es ihr eben an Geschmack fehlt, liest das, was ihr die Kritiker sagen.

Das Ideal des deutschen Volkes, wie ich oben schon erwähnt habe, besteht nicht darin, sich selbst zu regieren, worin das Ideal der anderen Völker besteht, sondern darin, regiert zu werden. So wie den Spanier jene Schilder irritieren, die ihm gebieten, in die Straßenbahn nur an bestimmten Abschnitten des Bahnsteigs einzusteigen, um nur ein Beispiel zu nennen, gefallen diese Schilder dem Deutschen. Während wir so wenig wie möglich regiert werden wollen, will der Deutsche, dass man ihn so viel wie möglich regiert: Der Deutsche will, dass man ihm das Gehen, das Spucken und das In-die-Straßenbahn-Einsteigen diktiert. Die spanische Formel besteht in einem Minimum an Regierung und einem Maximum an individueller Freiheit. Die deutsche Formel ist ein Maximum an Regierung, das zum Ziel hat, das Minimum an persönlicher Initiative völlig abzutragen.

— Aber dieses Volk, wird jemand sagen, hat ein Parlament und ausgezeichnete parlamentarische Volksvertreter.

Theoretisch hat Deutschland ein Parlament, das diskutieren und gegen die Regierung kämpfen darf, aber hat einmal das ganze Parlament alles diskutiert und einmal gegen die Regierung gekämpft, bleibt ein deutscher Kanzler ein deutscher Kanzler, ganz so als ob er niemals mit jemandem diskutiert und niemals gegen jemanden gekämpft hätte. Die sozialistische Partei hat eine riesige Vertretung im Parlament. Aber wenn die Sozialisten lärmen und toben, muss der Kaiser lediglich den Reichstag schließen, um die Ruhe zu bewahren.

Nein, es gibt kein Volk in Deutschland. Es gibt nicht diese immense, tiefe, unbewusste, gefährliche und unfassbare Kraft, die dem Meer gleicht und sich das Volk nennt ...

Die Bockbierzeit

Die Bockbierzeit hat begonnen. In München ist das ein großes Ereignis, und dem *Simplicissimus* zufolge ist es das Ereignis, das das Ministerium derzeit am meisten beschäftigt.

Hurra! Es gibt nichts Schöneres als den Auftakt der Bockbierzeit! Die Burschenschaften und militärischen Kreise halten außerordentliche Versammlungen ab, die Münchner Ge-
werbewelt verwandelt sich, die Minister treffen sich zu einer
Ratsversammlung. In dieser Zeit badet die Münchner Seele in
Bockbier wie in einem wundersamen Meer, das von Sirenen-
kellnerinnen bevölkert ist, die den Schiffbrüchigen anlocken
und ihn fragen: »Noch ein Glas?«

In Berlin gab es auch einmal eine Bockbierzeit. Sie wurde mit einem großen Volksfest eingeläutet. Berlin füllte sich
mit bayrischen Tänzern, Kellnern und Sängern. Die preußischen Köpfe sahen unter den Tirolerhüten, die mit Federn
und Rasierpinseln und Fuchsschwänzen geschmückt waren,
mit denen man auch hätte Staub fegen können, recht pitto-
resk aus. Berlin wurde etwas dicker, man könnte gar sagen, es
verbayrisierte sich; es wurde gemütlich und demokratisch. In
einigen Bierhallen findet man zuweilen noch eine brusthohe
Marmorsäule mit zwei Griffen, an denen man sich festhalten
kann und auf der ein Schild befestigt ist mit der Aufschrift:
»Für die Seekranken.« Soll heißen: für die Seekranken des
vom Bockbier verzauberten Meers.

Aber heute ist Berlin eine elegante Stadt, vornehm, luxuriös
und der Berliner will sich nicht wie ein Bayer mit Bier auffül-
len. Der Berliner trinkt *champagne, whisky, american drinks*
... Er trinkt *cocktails, flips, cobblers*, besser gesagt, er saugt sie
mittels einiger kleiner Strohhalme in sich hinein. Bockbier
verkauft man in Berlin immer noch; aber das ist längst kein
Ereignis mehr. Deutlicher gesagt: Die Bockbierzeit lebt fort,
aber es fehlt die Bockbierzeitstimmung.

Die Bockbierzeit ist längst eine Tradition in Berlin. Sie ist
quasi etwas Legendäres, das es beinahe schon ein Dutzend
Jahre gibt.

Ich bin kein Deutscher

Ich bin der am wenigsten deutsche Mensch der Welt. Die
Deutschen sind groß und ich bin klein, sie sind blond und

ich bin dunkelhaarig, sie sind dick und ich bin dünn. Die Deutschen können Philosophie und Mathematik und Griechisch und einen Haufen anderer Sachen und ich habe eine enzyklopädische Unwissenheit, die einen großen spanischen Charakter verrät. Die Deutschen sind sehr fleißig und methodisch. Ich bin einer der Menschen, die, um ihre Trägheit zu entschuldigen, mit großer Natürlichkeit sagen: »In manchen Jahren ist man einfach zu gar nichts zu gebrauchen!«

Die Deutschen schreiben sehr lange Bücher, ich mache sehr kurze Artikel. Die Deutschen tragen Brillen, die Deutschen trinken Fässer voller Bier. Die Deutschen sprechen Deutsch, und wenn ich die Augen schließe, kommt es mir vor, in einer Küche zu sein, und ich höre, wie die Mägde die Töpfe mit Messern auskratzen. Danach beginnen sie, Musik zu hören, um ihre Nerven zu beruhigen.

Die deutsche Musik ist weise. Ich verstehe sie nicht und ich habe jedes Recht der Welt, eine schwierige Sache nicht zu verstehen. Den Deutschen wiederum mangelt es an der Fähigkeit, die einfachen Dinge zu verstehen. In Paris zum Beispiel, wo alles einfach, leicht und ungezwungen ist, werden die Deutschen völlig kirre. Um einem Deutschen eine Sache zugänglich zu machen, muss man sie ihm verkomplizieren: Dann setzt der Deutsche seine Brille auf, er studiert die Sache methodisch und er versteht sie. So kommt es dazu, dass das Alltagsdeutsch der Deutschen das am wenigsten geläufigste Deutsch von allen ist. Ich kann schon Gedichte auf Deutsch lesen; aber die Kurzmeldungen in den Zeitungen verstehe ich noch nicht. Die Verse sind Verse, die noch auf Deutsch geschrieben sind. Sie haben die vernünftige Gliederung eines Metrums, während hingegen die deutsche Prosa keinerlei Gliederung besitzt. Außerdem können die Deutschen in ihre Verse keine dreißigsilbigen Wörter hineinstecken.

Ich bin der am wenigsten deutsche Mensch der Welt, und die schwierigen Dinge bereiten mir große Schwierigkeiten. Das Leben in Deutschland ist höchst schwierig, weil die Deutschen das einfache Leben nicht verstehen. Es ist natürlich schwieriger, weil es auf Deutsch ist. Es ist ein gotisches und absurdes Leben. Hier werden die Leute vom Leben kahlköpfig. Ansonsten gehört die Kahlköpfigkeit zum guten Ton in Deutschland, und eine unendliche Anzahl von Personen rasiert sich jeden Morgen den Kopf, der so außen auf perfekte Art und Weise hell aufleuchtet, während er nichts von seiner inneren Dunkelheit verliert. Ich habe einen sehr wenig deutschen Kopf: einen Kopf ohne Philosophie, ohne Mathematik, ohne Griechisch und ohne Kahlköpfigkeit. Mein Magen ist genauso wenig germanisch, und, alles in allem, bin ich der am wenigsten deutsche Mensch der Welt.

— Ich tauge dezidiert nicht zum Deutschen, habe ich gesagt. Verzichten Sie bitte darauf, mich zu erobern.

— Wenn Sie Deutscher wären, antwortete mir ein Fräulein, würden wir nicht versuchen, Sie zu erobern.

Wenn wir Deutsche wären

Tacitus beschreibt, wie blondhaarige Horden, angeführt vom Cheruskerfürsten Hermann, eines Tages im Teutoburger Wald die römischen Soldaten besiegten. »Wenn Hermann nicht die Schlacht gewann«, schreibt Heine[15], »Wir wären römisch geworden. In unserem Vaterland herrschten jetzt / Nur römische Sprache und Sitten, / Vestalen gäb es in München sogar, / Die Schwaben hießen Quiriten! ... Maßmann spräche Latein, / Der Marcus Tullius Maßmanus! Die Wahrheitsfreunde würden jetzt / Mit Löwen, Hyänen, Schakalen / Sich raufen in der Arena, anstatt / Mit Hunden in kleinen Journalen.« »Gottlob! Der Hermann gewann die Schlacht«, fährt der Dichter fort, »Und wir sind Deutsche geblieben! // Wir blieben deutsch, wir sprechen deutsch, / Wie wir es gesprochen haben; / Der Esel heißt Esel, nicht asinus, / Die Schwaben blieben Schwaben.«

Ja. Die Schwaben sind Schwaben und der Esel nennt sich Esel. Mit seinen sprichwörtlich bösen Absichten. Heine hätte hinzufügen können, dass sich der Esel in vielen Fällen

---

15   Hier schien es angebracht, Heines Originalzeilen zu verwenden (*Deutschland. Ein Wintermärchen*, Caput XI) statt einer Rückübersetzung der spanischen Prosafassung.

Herr Professor hätte nennen können. Deutschland hat die römischen Invasoren abgewehrt und, während es weit davon entfernt ist, Latein zu sprechen, wird es die ganze Welt dazu bringen, Deutsch zu sprechen. Mister Tim Healy, Mitglied des House of Common, beschäftigte sich vor einigen Tagen mit dieser Gefahr und sagte, Heine parodierend: »Meine Kinder werden sich *von Healy* nennen.«

Aus diesem Anlass veröffentlichte die französische Zeitschrift *Graphie* unter dem Titel *Si nous étions allemands*[16] ein paar Karikaturen. Eine von ihnen ist die Bernhard Shaws. Wäre Bernhard Shaw Deutscher, er würde sich nicht Bernhard Shaw nennen, sondern »Der-einzelgängerische-Intellektuelle-und-Komödienschreiber-und-Theaterstücktaxador-Meister-Herr-Bernhard-Shaw-von-Saegershirt«. Rudyard Kipling hieße »Die-kaiserliche-zutiefst-patriotische-und-poetische-Person-die-zwischen-Botschaftern-eine-wichtige-Rolle-spielt-Herr-Rudyard-Kipling«, und Mister Asquith würde sich auf Deutsch »Der-wirklich-hochgewachsene-und-mächtige-Premier-Minister-und-Kabinetts-Vorsitzende-Herr-Askewith« nennen.

Und wenn wir, wir Spanier, Deutsche wären? Die Hüter der öffentlichen Ordnung würden Stachel auf ihren Helmen tragen und sie würden sich *Schutzmänner* nennen. *Asino* würde *Esel* heißen und *comida* würde *Speise* heißen. Dies würde uns anfangs etwas schwerfallen, aber wir würden uns schlussendlich daran gewöhnen. Wir würden uns jedoch nicht so leicht daran gewöhnen, anstatt *espárrago Spargel*, anstatt *marchar marschieren*, anstatt *frotar frottieren* und anstatt *coquetear kokettieren* zu sagen usw. *Guantes* hießen *Schuhe der Hände*. Um Dinge wie *Der Traum einer Nacht eines Sommers* zu sagen, würden wir auf einmal *Sommernachtstraum* sagen. Wir würden *Fünfundzwanzig* sagen anstelle von *zwanzigundfünf,* nicht *Achtzigunddrei,* sondern *Dreiundachtzig.* Wir würden nicht *ohne nichts* sagen, sondern *ohne alles.*

Wenn wir Deutsche wären, würden wir alle Deutsch sprechen. Sogar die Sprachlehrer und die Staatsminister – sie alle

---

16   Franz.: Wenn wir Deutsche wären.

wären Gelehrte. Echegaray verstünde etwas vom Ingenieurswesen, Azcárate etwas von Nationalökonomie. Die spanischen Studenten würden studieren, die Arbeiter arbeiten.

Die Jacometrezostraße, die Valencierenalle, das Sonnentor und der Antón-Martímplatz wären blitzsauber. In den Gasthäusern äße man keinen *cocido*[17], sondern Würste mit Kohl. Die Frau und die Tochter von Herrn Doktor Martínez hießen *Frau und Fräulein Doktor Martínez*. Die Studenten schnitten sich Schmisse in ihre Gesichter. Angestellte, die 1000 Peseten verdienen, würden sich einen Gehrock anziehen.

Die *taberna del Recatero* wäre ein Bierpalast und ich, der Unterzeichner dieses Artikelchens, ich würde sehr lange, sehr schwere und sehr gelehrte Artikel verfassen, aber Sie, verehrte Leser, wären Deutsche und würden sie lesen und sogar für hervorragend befinden.

Das mechanische Leben

In nicht allzu ferner Zukunft werden die Deutschen auf mechanische Weise leben. Alles tendiert in diese Richtung. An den Haltestellen der Untergrundbahn gibt es immer noch ein Kassenhäuschen, wo man Fahrkarten verkauft; aber viele Leute verzichten darauf, sie stecken zwei Zehnpfennigmünzen in eine Maschine und die Maschine gibt ihnen fünf Pfennig und einen Fahrschein für 15 Pfennig zurück. Manchmal funktionieren diese Maschinen nicht und der Reisende beanstandet dies vor einem Angestellten. In der Zukunft wird man die Beanstandungen vor einer anderen, dem Fahrkartenautomaten überlegenen Maschine vorbringen müssen. Auf den Postämtern gibt es Automaten, die Briefmarken und Postkarten verkaufen. Die Gerichte in den Restaurants werden automatisch verkauft. Es gibt das automatische Telefon und die automatische Gasverbrauchseinrichtung.

Können Sie sich irgendetwas Fürchterlicheres als dieses wissenschaftliche Leben vorstellen? Die Gasverbrauchsein

---

17 Typisches spanisches Gericht.

richtung liefert ihnen pro Zwanzigpfennigmünze 13 Kubikmetern Gas für das Licht, das danach unmittelbar aufhört zu leuchten. Sie ist ein Apparat ohne Charakter. Wenn man nicht noch eine Zwanzigpfennigmünze einwirft, lässt einen der Apparat im Dunkeln sitzen. Es nützt nichts, dem Apparat zu sagen, dass man kein Kleingeld hat oder am nächsten Tag zahlen wird. Im Hinblick auf das automatische Restaurant sieht die Sache noch schlechter aus. Es ist ein Apparat, der alle Leute auf die gleiche Weise bedient und niemals bedenkt, dass man ein Stammgast des Hauses ist oder ob man zum ersten Mal zum Essen kommt: Er kennt unsere Vorlieben nicht, er serviert dem an Verdauungsstörungen Leidenden dasselbe wie dem, der einen exzellenten Magen hat. Und ist das Gericht einmal serviert, kann man es nicht noch einmal kurz etwas länger kochen lassen oder etwas Salz oder Senf hinzufügen.

Jenes wissenschaftliche Leben, jene mechanischen Dienste, die die ganze Welt nivellieren, funktionieren recht gut im Land des Sozialismus und werden es am Ende vollständig erobern; aber in Spanien, einem Land, dem jeder Ehrgeiz völlig abgeht, werden wir uns immer von einem sehr menschlichen Kellner bedienen lassen, der sich Juan oder Gutiérrez nennt oder von was auch immer, das ebenfalls sehr menschlich sein wird, und um sich von irgendeinem automatischen Apparat total zu unterscheiden, wird der Kellner immer politische Meinungen und all das haben. Dieser Kellner, der uns kennen wird, wird uns herzlich und wie ein Mensch bedienen, er wird uns »Herr Soundso« nennen und jedes Mal, wenn er ein Gericht für uns in der Küche bestellt, wird er es uns tatkräftig empfehlen. Es ist sogar möglich, dass er uns in einem Moment einer finanziellen Notlage etwas Kredit gewährt, was auch menschlich ist, und vielleicht wird er es nie schaffen, ihn uns auszubezahlen. Das ist schon zu menschlich.

In den Berliner Cafés gibt es immer noch Kellner, aber es wird nicht lange dauern, bis die Kellner durch Maschinen ersetzt sein werden. Alle haben schon etwas Maschinenhaftes an sich. Ihre Art zu laufen ist vollkommen automatenhaft. Die Apparate in den automatischen Restaurants wirken beinahe menschlicher, da man von ihnen weiß, dass hinter ihnen keine Menschen stehen, während hinter einem Kellner noch sein Besitzer steht.

Ein Deutscher ist ein Mensch, der in seiner Hosentasche eine Maschine mit sich herumträgt, mit der er in der Straßenbahn seinen Hut aufhängen, eine andere, mit der er Zigaretten anzünden, noch eine, mit der er den Regenschirm verschließen kann, und er besitzt noch viele andere mehr für all die anderen Dinge. Ein Deutscher muss plötzlich ein Loch in die Wand machen und unverzüglich wird er aus seiner Hosentasche eine Maschine herausziehen, mit der man Löcher in die Wand machen kann. Darüber hinaus gefällt einem Deutschen eine Maschine um so mehr, je komplizierter sie ist. Die Deutschen wundern sich über Leute, die Rollläden ohne die Hilfe irgendeiner Maschine herunterlassen.

— In Deutschland, sagen sie, machen wir alles mit einer Maschine.

Es ist wahr. Und die Deutschen selbst grüßen sich untereinander mit automatischen Grüßen, die viel komplizierter, aber viel weniger herzlich sind als die unseren.

Die deutsche Küche

Ich kenne einen Propagandisten der deutschen Kultur in Spanien, der jeden Tag kalte Würstchen und Schwarzbrot zu Abend isst und dazu eine Flasche Bier trinkt. Diese Speisen erinnern ihn an deutsche Philosophen und Ökonomen und an die Lektüre ihrer Werke. Ein mit Gänseleber belegtes Brot schmeckt ihm nach Kant. Ein anderes hat für ihn einen Nachgeschmack nach Fichte. Er lebt schon viele Jahre in Spanien und er erhält sich dermaßen deutsch, als ob er gerade aus Berlin zurückgekommen wäre.

Manch einer leidet an der und der Krankheit und zieht es vor, sich den Magen mit Medizin einzudrecken, da er den Vorschlägen irgendeines Ernährungsplans folgt. Auf die gleiche Weise gibt es Leute, die sich eine Portion Bücher in den Kopf stecken, anstatt Bier zu trinken und Würstchen zu essen. Solange man nicht auf deutsche Art und Weise isst, kann man kein wahrer Deutscher sein.

Hier in Berlin gibt es einen Spanier, der schon drei Jahre in Deutschland lebt und immer noch nicht weiß, wie man »Guten Abend« sagt. Dieser Spanier isst jeden Tag in einem französischen Restaurant.

— Ich kann deutsches Essen einfach nicht verdauen, sagt er.

— Also solange Sie deutsches Essen nicht verdauen können, werden Sie auch nicht die deutsche Grammatik verdauen können. Die deutsche Grammatik muss man mit Sauerkraut und Bier verschlingen. Man passt sich ihr entweder an oder man platzt.

Vor Kurzem ist in Berlin ein anderer Spanier angekommen, um Politische Ökonomie zu studieren. Er ist ein sehr intelligenter Mensch, aber er hat einen sehr empfindlichen Magen. Ich habe ihm empfohlen, nach Spanien zurückzugehen.

Wie soll dieser Mensch Politische Ökonomie studieren, wenn er nichts anderes als weichgekochte Eier essen kann? Die *Junta de Pensiones*[18] sollte sich darum kümmern und keine Menschen nach Deutschland zum Studium schicken, die einen schwachen Magen haben.

Um sich an die deutsche Kultur anzupassen, ist vor allem ein eiserner Magen vonnöten. Dies habe ich anderntags einem Landsmann gesagt, der sich innerhalb von zwei Minuten eine riesige Portion Schweinebraten mit Marmelade einverleibte.

— Sie werden es noch zu etwas bringen. Man wird Ihnen innerhalb kürzester Zeit einen Lehrstuhl an der Zentraluniversität anbieten und man wird nach Ihnen die Haushaltskommission benennen. Zumindest wird Ihnen im Institut für Sozialreformen niemand den Platz streitig machen.

— Aber wird im Institut für Sozialreformen auch getanzt?, fragte mich mein Tischnachbar.

Jener Mensch mit so guten Voraussetzungen für die deutsche Kultur liebte es, zu tanzen. Diese Widersprüche machen in Spanien viel aus.

---

18 Staatliches Institut, das u. a. Stipendien für Auslandsaufenthalte vergibt.

Die musikalische Sensibilität

Wo ist der Sitz der musikalischen Sensibilität? Im Kopf, im Rückenmark oder in den Fersen? Eine Zeitung formuliert diese Fragestellung, wenn auch auf etwas wissenschaftlichere Weise, und sie fragt, ob es auch intelligente Menschen geben kann, denen es an musikalischer Sensibilität mangelt.

Ich bin eine intelligente Person, der es an musikalischer Sensibilität mangelt. Spielen Sie mir Mozart oder Beethoven, Bach oder Wagner vor, es hat keinen Zweck. Alle Gesten, die ich machen werde, alle ästhetischen Haltungen, die ich einnehmen werde, wären bloße Höflichkeit. In Wirklichkeit würde ich mich zu Tode langweilen. Gewiss mangelt es mir an musikalischer Sensibilität. Es ist schrecklich, man darf das gar nicht laut sagen. Ich bin selber verstört. Wenn ich ein Konzert besuche und ich sehe die Gefühle der anderen Leute, während ich kalt bleibe, komme ich mir wie ein kleines Monstrum vor.

— Alle Leute vibrieren zum Klang dieser Musik, sage ich mir; alle die Leute sind in ihrem Innersten getroffen, nur ich nicht. Ist es denn möglich, dass ich ein so niedriges und niederträchtiges Wesen bin?

Offenbar bin ich es. Ich habe nicht die geringste musikalische Sensibilität. Mein Fall ähnelt sehr dem einer Figur einer berühmten Erzählung. Dieser Mann konnte keine Gewissensbisse empfinden. Er lieh sich Geld von Leuten und zahlte es nicht zurück, aus Hotels verschwand er, ohne die Rechnung zu begleichen, er machte den Frauen seiner besten Freunde den Hof und fühlte niemals Gewissensbisse. Nach und nach betrachtete er sich als ein vollkommen verkommenes Subjekt, und zwar nicht wegen der Niederträchtigkeiten, die er beging, sondern wegen der Unfähigkeit, Gewissensbisse zu fühlen.

— Was mache ich also, um meine moralische Sensibilität zu wecken?, fragte er sich eines Tages.

Er dachte daran, ein Verbrechen zu begehen, ein gigantisches, fürchterliches und apokalyptisches Verbrechen: eine Großstadt anzünden, alles, was kreucht und fleucht, verbrennen, eine ganze Zivilisation zerstören. Und das tat er auch. Er plante seinen Brand und setzte ihn in die Tat um. Die Stadt brannte an allen Ecken und Enden. Die riesigen Gebäude, die großen Paläste flogen als Fünkchen durch die Luft. Alte, Frauen und Kinder starben. Die Leute verbrannten wie die Ratten. Als von der großen Stadt nichts mehr als Trümmer übrig waren, ging der Mann, ausgerüstet mit einer Portion Extrablätter von Zeitungen, aufs Land, um sich den Gewissensbissen hinzugeben, die ihn zweifellos anfallen würden. Er las alle Nachrichten, er legte sich ins Bett und machte das Licht aus.

— Ich werde die fürchterlichste Nacht meines Lebens verbringen!, dachte er.

Aber er schlief wie ein Stein und wachte am nächsten Morgen völlig erfrischt auf. Während der ganzen Nacht hatte er nicht den kleinsten Gewissensbiss gefühlt. Er war ein Monster.

Werde auch ich ein Monster sein? Habe ich doch die wunderschönsten Sinfonien der Welt gehört, gespielt von den bewundernswertesten Künstlern, und nicht ein einziges Mal habe ich auch nur irgendetwas dabei gefühlt. Meine Kollegen vom Gästehaus und selbst die Wirtin, sie alle waren ergriffen, ich jedoch nicht. Ich war dort das einzige Wesen, dem jegliche musikalische Sensibilität abging.

Wahrscheinlich wird mein Fall einzigartig in Deutschland sein; aber es tröstet mich der Gedanke, dass es ganze Länder gibt, zivilisierte Länder wohlbemerkt, wie England beispielsweise, die in Bezug auf die Musik mehr oder minder meine Sensibilität haben, die einem Prellstein gleicht.

Im Haus von Frau Grube

Wie ich im Haus von Frau Grube gelandet bin? Ich weiß es nicht. Ich bin in Berlin angekommen, ohne eine Menschenseele zu kennen, und am nächsten Tag habe ich mich in der Bozener Straße 17 eingerichtet. Dies scheint das Schicksal aller Spanier zu sein, die nach Berlin kommen. Frau Grube nimmt sie mit einem beinahe mütterlichen Lächeln auf und präsentiert ihnen im Voraus die Rechnung für einen Monat. Dann lässt sie die sieben spanischen Wörter vom Stapel, die sie von den vorigen Gästen gelernt hat.

— Pan, cerveza, manteca, comprendo, mañana, mucho …

Im Speisesaal der Pension Grube hängt immer noch das Porträt von Julián Besteiro, der inzwischen Professor an der Universität von Madrid ist. Besteiro hat hier zwei Jahre gelebt und es lässt sich nicht leugnen, dass er sich körperlich in einem sehr robusten Zustand befindet. Wenn Alma, das Dienstmädchen des Hauses, mir das Frühstück bringt, pflegt sie mir scherzhaft zu sagen:

— Herr Professor Besteiro war nicht so ein schlechter Mensch wie Sie.

Araquistáin, ebenfalls ein alter Gast in der Pension von Frau Grube, hat ihr gerade einen Brief aus München geschickt, in dem er ihr schreibt, dass sie ihm ein Zimmer reservieren soll. Die Mehrheit der spanischen Pensionsgäste hat hier ihre ersten Würstchen gegessen und gelernt, die ersten deutschen Worte auszusprechen. Man kann sagen, dass Frau Grube das gesamte junge Spanien an ihren Brüsten nährt. Wenn die Generation, die sich gerade in Deutschland ausbildet, nach Hause zurückgekommen sein und eigene Kinder haben wird, werden diese Kinder nach Berlin pilgern und sie werden Frau Grube, wenn sie denn noch am Leben sein wird, ihre fürsorglichen und von der Küchenarbeit ein wenig verformten Hände küssen. Man könnte sagen: Frau Grube ist die Mutter des Spaniens der Zukunft. Das Spanien der Zukunft schläft in jenen Betten, deren Kissen Alma ein wenig besser aufschütteln könnte. Hier, in diesem Speisesaal, der mit den Porträts derjenigen Gäste geschmückt ist, die am pünktlichsten gezahlt haben, hat das Spanien der Zukunft zum ersten Mal einen deutschen Braten und die Philosophie Kants verdaut. Vielleicht hat es sie manchmal auch nicht verdaut; dies mag aber gleichermaßen die Schuld der Küche wie des Magens sein. Kurz und gut, die Pension von Frau Grube darf weder dem Staatspräsidenten noch dem *Ateneo de Madrid* noch der *Junta de Pensiones* unbemerkt bleiben. Ihr Einfluss auf das zukünftige Schicksal Spaniens ist unbezweifelbar, man kann die ersten Anzeichen schon verspüren. Alle deutschen Worte, die Sie in der Zeitung lesen, stammen aus der Pension Grube, und auch die deutschen Ideen, die seit einigen Jahren in Madrid kursieren, haben ebenfalls dort ihren Ursprung.

Gott segne Frau Grube und befreie sie von arroganten Pensionsgästen! Wenn Spanien eines Tages eine große Nation sein wird, wird Frau Grube von sich behaupten können, dass ein Großteil der Arbeit von ihr geleistet wurde. Diese Frau trägt von ihrer Küche aus viel mehr dazu bei, Spanien zu verbessern als alle diese Scharlatane, die auf irgendwelchen Versammlungen herumposaunen und Zeitungsartikel schreiben. Ich für meinen Teil glaube weder an Lerroux noch an Azcárate noch an Pablo Iglesias als Erneuerer Spaniens: Ich glaube nur an Frau Grube. In meinen Augen ist sie, und das sollte sie auch in den Ihren sein, die einzige Hoffnung Spaniens.

Die Spanier des Hauses Grube

Ungefähr die eine Hälfte der Spanier, die ins Ausland geht, passt sich an. Sie lernt die Sprache des Landes, in dem sie lebt, und kehrt verändert nach Spanien zurück. Die anderen Spanier lernen weder Sprachen noch entwickeln sie sich weiter noch ziehen sie aus ihren Reisen den geringsten Nutzen. Ich bewundere jene letzteren Spanier.

Ich bewundere sie und ich glaube, dass man nur von ihnen und nicht von jenen anderen etwas erwarten kann. Sie stellen den expansiven Teil der spanischen Nation dar. Ich habe sie zum ersten Mal in London gesehen, in einer Pension am Brunswick Square, die einer Dame aus Malaga gehörte. Dort lebten vier oder fünf Spanier, sechs oder sieben Engländer, ein Franzose, zwei Deutsche und ein Däne oder Norweger. Alle Spanier sprachen ausschließlich Spanisch, keiner von ihnen war dazu in der Lage, ein Gespräch auf Englisch zu führen.

Hier in Berlin habe ich auch Spanier gesehen, die sich nicht anpassen. Sie leben in der Pension Grube, wo jedermann Spanisch spricht. Statt sich an die deutsche Küche zu gewöhnen, haben die Spanier Frau Grube beigebracht, Tortilla zu machen. Da die deutschen Kartenspiele schwierig sind, haben sie dem Hause Grube *tute*[19] aufgezwungen und die Pensionsgäste zählen jetzt 20 und 40 zusammen.

— Es ist eine Schande, sagte mir eines Tages einer der Spanier, die sich angepasst haben. Im Hause Grube zu wohnen, ist wie in der *Calle de Jacometrezo* zu leben. Warum sind denn diese Spanier überhaupt nach Deutschland gekommen?

Nun, sie sind nach Deutschland gekommen, um es zu erobern, was eine typische Eigenschaft des spanischen Volkes ist, und nicht, um sich von Deutschland erobern zu lassen. Momentan mangelt es uns an der notwendigen Kraft, aber unser Geist ist derselbe wie der der Eroberer von Amerika und Flandern. Das sieht man sehr gut im Haus Grube: Hier versteht man unsere ganze Epopöe, die Welt zu erobern und zu beherrschen, sehr gut. Und hier versteht man auch unseren gegenwärtigen Zustand.

Um Bier zu trinken

In Deutschland, dem Land des Biers, ist das Biertrinken eine äußerst schwierige Angelegenheit. In den guten Restaurants ist es obligatorisch, zum Essen einen Wein zu trinken. In Bars schenkt man kein Bier aus: Man muss Wein oder *american drinks* bestellen, worunter man hier *Bénédictine* und Sherry versteht. Es gibt viele Etablissements mit vielen verschiedenen Sälen, einige für Biertrinker und andere für Weintrinker. Die Säle, in denen man Wein trinkt, sind fröhlich, schön und sie haben ein Orchester. Die Säle der Biertrinker sind durch und durch schäbig. Die meisten Kabaretts servieren Bier bis um elf Uhr nachts und ab dann nur noch Wein. Auf den Weintrinker wird jede erdenkliche Rücksicht genommen, für den Biertrinker gibt nur es tiefe Verachtung.

Der Biertrinker wird in Deutschland übergangen. Die Jugend von heute besteht aus *snobs,* sie trinkt amerikanische Getränke und lehnt an ihren Tischen jene ehrwürdigen Al-

---

19   Spanisches Kartenspiel.

93

ten ab, die die hochheilige Erde des Kaiserreichs aus Bierhefe geknetet haben. Und man muss die Alten lamentieren hören, wenn sie ungefähr das zwölfte Bockbier des Abends intus haben. Einer, der Gambrinus ähnlich war, schüttete mir vor Kurzem in einem erbärmlichen Etablissement seinen Kummer aus, und die Verbitterung des gutmütigen Greises hatte ein Aroma wie *Spatenbräu*.

— Das Bier, sagte er, ist ein ernstes Getränk, eines, das zu unserem Temperament passt, es ist friedlich und nahrhaft. Es könnte endlos die Korpulenz und Ruhe der Nation erhalten. Aber diese Jungspunde haben den Verstand verloren. Sie verbringen ihre Zeit damit, mit einem Strohhalm *cocktails* zu schlürfen, und das wird verheerende Folgen für die deutsche Mentalität haben.

Es lässt sich wirklich nicht erklären, weshalb fremdländische Getränke einen solchen Schutz genießen und weshalb dem Nationalgetränk der Krieg erklärt wird. Einmal habe ich in einem Restaurant ein Bier bestellt und sogar angeboten, dafür viel Geld zu bezahlen, damit das Etablissement mit meinem Bier denselben Gewinn machen kann wie mit einem Glas Wein.

— Da ich nun mal nach Deutschland gekommen bin, sagte ich, möchte ich gern ein Bier trinken.

— Das Einzige, was ich Ihnen anbieten kann, sagte mir der Geschäftsführer, ist ein englisches Bier.

Es ist nämlich so, dass das alte Deutschland, das Deutschland des Biers, sich nicht damit abfinden würde, für ein Bier mehr zu zahlen als es bislang immer gezahlt hat. Der Luxus des Lokals, der Komfort der Sitze, die Kellner im Frack und die Musik, all das bezahlt das junge Deutschland, das *american drinks* und Wein trinkt, und das ein wenig zügellos ist und die Sitten anderer Länder annimmt.

Die deutsche Grammatik

Ich fürchte, dass mir das mit dem Deutsch langsam auf die Nerven geht. Ich kann nichts dagegen machen. Aber wenn ich schon nicht Deutsch sprechen kann, werde ich wenigstens darüber sprechen. Das Deutsche eine der größten Wunderlichkeiten Deutschlands. Es ist eine starke, weise und plumpe Sprache aus großartigen Wörtern und unleserlichen Lettern. Damit eine deutsche Grammatik vollständig wäre, müsste sie wenigstens 1000 Seiten haben. Die Wörterbücher sind riesig, sogar die kleinen Taschenwörterbücher, die nur eine spärliche Anzahl an Wörtern enthalten. Mit weniger als 2000 deutschen Wörtern kann man erst gar nicht auf die Straße gehen, außer man klemmt sie sich, verstaut in einem Bibliotheksbuch, unter den Arm. Und so geht man mit Deutsch beladen durch die Straßen, als wenn es Ziegelsteine wären. Deutsch nimmt viel Raum ein und hat ein außergewöhnliches Gewicht. Es ist eine Sprache für kräftige und gut genährte Leute, die uns Spanier keuchen lässt.

Die Engländer haben ihre Sprache aus derselben Materie gemacht wie die Deutschen, aber dennoch ist das Englische leicht, harmonisch und einfach. Die Deutschen müssen nämlich die Dinge stets verkomplizieren und, geleitet von ihrer Liebe zum Kolossalen und Schweren, alle Wörter stets weiter ausdehnen. Es wäre unmöglich, wie Bernhard Shaw es auf Englisch getan hat, ein Buch auf Deutsch aus einsilbigen Wörtern schreiben.

Das Einzige, worin einem das Deutsche entgegenkommt, ist, dass es langsam und deutlich ausgesprochen wird: Wenn ein Wort zwölf Konsonanten hat, spricht der Deutsche alle aus, einen nach dem anderen, mit großer Gewissenhaftigkeit und so, als ob ihm dies zu tun ein gewisses Entzücken hervorrufen würde. Eine Sprache aus so vielen Konsonanten und so langen Wörtern kann man nicht mit hoher Geschwindigkeit sprechen. Deshalb sprechen die Deutschen langsam. In einem deutschen Gespräch schreitet der Deutsche sehr gemächlich voran, sehr schwer und knarrend wie ein überladener Wagen. Ab und zu präsentieren sich drei oder vier Konsonanten zusammen, dann muss man Luft holen und einen Schluck trinken.

Es gibt verschiedene Methoden, Deutsch zu lernen. Eine davon ist, sich mit einer Deutschen in Beziehung zu setzen.

Eine andere, wenig ratsame ist die von einem meiner Freunde angewandte, der ein Wörterbuch zur Hand nahm, es auf der ersten Seite aufschlug und damit begann, alle Wörter zu lernen. Momentan kennt mein Freund die Buchstaben a, b und c. Fehlerfrei kann er in einem Gespräch Wörter verwenden, die mit a, b oder c beginnen, aber wenn er ein Wort, das mit d beginnt, von sich geben soll, ist er verloren. Aus diesem Grunde spricht mein Freund nicht mit aller Welt, sondern nur mit zwei oder drei Personen, die bei ihm im Haus wohnen und ihm bei seinen Sprachstudien helfen. Manchmal spielen sie im Haus meines Freundes Pfänderspiele. »Aus Havanna kommt ein Schiff, beladen mit Dingen, deren Namen mit a, b oder c beginnen«, mein Freund ist darin unbesiegbar.

Was aber alle empört am Deutschen, ist seine Grammatik. Den Engländern, die dazu unfähig sind, eine unnütze Sache aufzubewahren, mangelt es an jeglicher Grammatik, aber man versteht sie dennoch oder gerade deshalb so perfekt. Die deutsche Grammatik hingegen ist fürchterlich, vor allem was das grammatische Geschlecht der Wörter betrifft. Nur ein Deutscher kann die grammatischen Geschlechter des Deutschen lernen, und von Kindesbeinen an kennen sie sie genau. Ein Engländer hat hingegen ein Verfahren entwickelt, diese extreme Schwierigkeit zu umgehen. Es handelt sich um einen englischen Freund, Mister Boston, dessen Name es wohl verdient hat, in die Geschichte einzugehen.

— Sie machen sich Gedanken über diese Sache mit den Geschlechtern der Wörter?

— Selbstverständlich.

— Also ich nicht. Sie wissen sicherlich, dass im Deutschen alle Verkleinerungsformen ein neutrales Geschlecht haben?

— Ja.

— Also muss man einfach von allen Wörtern die Verkleinerungsform bilden und ihnen den neutralen Artikel beifügen. Zum Beispiel: Anstatt zu sagen »Ich habe eine große Frau gesehen«, sagt man einfach: »Ich habe ein großes Frauchen gesehen, und statt in einem Lokal um einen Löffel zu bitten, bittet man einfach um ein großes Löffelchen, und immer so weiter.

Das Verfahren ist hervorragend. Um auf Deutsch eine Verkleinerungsform zu bilden, fügt man dem Ende eines Worts nichts weiter als die Silbe »-chen« hinzu. Es musste ein Engländer sein, der diese so praktische Sache erfindet! Die Deutschen haben sich so sehr darum bemüht, eine fürchterliche Grammatik zu machen, und dann kommt mir nichts dir nichts ein Engländer, der sie in einem einzigen Augenblick über den Haufen wirft. Ich verwende mit großem Erfolg das System von Mister Boston. Die Deutschen sagen, dass ich auf eine sehr drollige Weise spreche.

Deutsch ist nicht so schwer

Die Endung -ieren deutscher Verben spricht man *iren* aus. So muss man zum Beispiel das Wort *formulieren* wie *formuliren* lesen. Mit dieser Beobachtung möchte ich Ihrem Erwägen ein kleines Wörterverzeichnis überlassen, damit Sie sich selbst davon überzeugen können, dass Deutsch nicht so schwierig ist, wie die Leute immer behaupten.

absolvieren – absolver; akzeptieren – aceptar; akkordieren – acordar; adoptieren – adoptar; applaudieren – aplaudir; assegurieren – asegurar; balancieren – balancear; balsamieren – embalsamar; barbieren – afeitar; blockieren – bloquear; bombardieren – bombardear; bronzieren – broncear; zentralisieren – centralizar; chiffrieren – cifrar; zitieren – citar; zivilisieren – civilizar; debattieren – debatir; decimieren – decimar; deduzieren – deducir; defraudieren – defraudar; degradieren – degradar; deklamieren – declamar; deklarieren – declarar; deklinieren – declinar; dekretieren – decretar; delegieren – delegar; demonstrieren – demostrar; denunzieren – denunciar; deponieren – deponer; desinfizieren – desinfectar; destillieren – destilar; differieren – diferir; diktieren – dictar; dirigieren – dirigir; diskontieren – descontar; dispensieren – dispensar; disponieren – disponer; disputieren – disputar; dividieren – dividir; elektrisieren – electrizar; eliminieren – eliminar; emanzipieren – emancipar; egalisieren – igualar; examinieren – examinar; exerzieren – ejercitar; expedieren –

expedir; explodieren – explotar; fabrizieren – fabricar; fanta-
sieren – fantasear; figurieren – figurar; filtrieren – filtrar; formulieren – formular; frankieren – franquear; frottieren – frotar; galoppieren – galopar; galvanisieren – galvanizar; gratu-
lieren – congratular; gravieren – gravar; gruppieren – agrupar;
gummieren – engomar; illuminieren – iluminar; illustrieren
– ilustrar; improvisieren – improvisar; inokulieren – inocular;
installieren – instalar; instruieren – instruir; instrumentieren
– instrumentar; interessieren – interesar; internieren – inter-
nar; interpellieren – interpelar; intervenieren – intervenir;
intrigieren – intrigar; jubilieren – jubilar; kalkieren – calar;
kalkulieren – calcular; kanalisieren – canalizar; kartonieren
– encartonar; kastrieren – castrar; kauterisieren – cauterizar;
kokettieren – coquetear; kollektieren – recolectar; kolorieren
– colorear; kommentieren – comentar; kompensieren – com-
pensar; komponieren – componer; kompromittieren – com-
prometer; Kondensieren – condensar; konfirmieren – confir-
mar; konfiszieren – confiscar; konjugieren – conjugar; kon-
servieren – conservar; konstruieren – construir; konsultieren
– consultar; konzertieren – concertar; koordinieren – coor-
dinar; kopieren – copiar; korrespondieren – corresponder;
korrigieren – corregir; kristallisieren – cristalizar; kultivieren
– cultivar; kurieren – curar; kursieren – cursar.

Die »Senores« Ausländer

Die einzigen Drucker der Welt, die das spanische ñ richtig
wiedergeben, sind die Engländer. Die Franzosen haben es
noch nicht akzeptiert, die Deutschen ebenso wenig.

Insbesondere die Franzosen haben nicht nur nicht unser ñ
akzeptiert, sondern sie übersetzen es nicht einmal. Es gibt eine
französische Übersetzung von »La campaña del Maestrazgo«[20]
mit dem Titel »La cloche du Maestrazgo«.[21]. Ich wurde verrückt, als ich eines Tages in Paris gefragt wurde:

20 Ein Text der bekannten *Episodios nacionales* von Benito Pérez Galdos.
Wörtlich übersetzt lautet der Titel »Der Feldzug von Maestrazgo«
21 Franz.: »Die Glocke von Maestrazgo«. Der Witz besteht hier darin, dass

— »Mais qu'est ce que c'est cette sacrée cloche du Maroc?«[22] Wir hingegen respektieren das Schwänzchen des französischen ç, dieses Schwänzchen, das einem Spitzbart ähnelt, und wir schreiben niemals »francais«, sondern »français«, niemals »francois«, sondern »françois«.

Die Franzosen sollten unser ñ respektieren, wenn sie wollen, das wir ihr Schwänzchen akzeptieren. Nicht, dass man uns ausnutzt, weil wir eine schwache Nation sind.

Das spanische ñ hat eine Unmenge Abenteuer in der ganzen Welt erlebt. Eines schönen Tages betrat ein Spanier einen Berliner Tabakwarenladen, um Zigarren zu kaufen. Man zeigte ihm ein paar Havannas mit Zigarrenbauchbinden, auf denen »Cabanas« stand.

— Diese Havannas, sagte der Spanier, die machen Sie im Hinterzimmer selber?

Der Tabakwarenladenbesitzer erhob Einspruch.

— Widersprechen Sie nicht. Wären es Havannas, würde auf den Zigarrenbauchbinden nicht *Cabanas*, sondern *Cabañas* stehen. Diesem n fehlt seine Tilde.

Und der Spanier weihte den Tabakwarenhändler in die Geheimnisse des spanischen ñ ein. Einige Zeit später kam der Spanier in den Tabakladen zurück. Der Tabakwarenhändler erkannte ihn sofort.

— Wir haben jetzt echte Havannas, sagte er ihm. Schauen Sie.

Er öffnete eine Zigarrenkiste und zeigte ihm eine Zigarre. Auf der Zigarrenbauchbinde war zu lesen: »*Cabañas. – Habaña.*«[23] Der Tabakwarenhändler, sehr stolz, rief aus:

— Habaños, echte Habaños![24]

Indes sprechen die Zeitungen weiterhin von *señor* Romanones, von *señor* Maura und von *señor* Rodrigánez.

---

im Spanischen *campaña* eben »Kampagne, Heerlager, Feldzug, Flachland« bedeuten kann, tauscht man jedoch das »ñ« mit einem »n« aus, wird aus *campaña campana*, was »Glocke« heißt.

22 Franz.: Aber ist das diese heilige Glocke aus Marroko?
23 Es müsste eigentlich *habana* heißen.
24 Es müsste eigentlich *habanos* heißen.

Gefälschte Andalusier

Im Ausland sind alle Spanier unter Dreißig ein wenig Andalusier. Alle haben einen mehr oder minder cordobesischen Hut, alle tanzen Flamenco und alle haben eine Narbe von einer Verletzung, die ihnen ein Stier mit seinem Horn beigefügt hat. Ich würde mir einen geistreichen Andalusier wünschen, der Beschwerde führt über die fürchterlichen Folgen für den Andalusismus, die ihm hier Galizier, Katalanen, Basken, Asturier, Navarren und Kanarier bescheren. Der Andalusier, der nach Paris oder Berlin kommt, trifft auf ein Publikum, dessen Geschmack über andalusische Angelegenheiten bedauerlicherweise sehr verpanscht ist. Ich weiß von einem, den man bat, einen Tango zu tanzen, und sie sagten ihm:

— Sagen Sie, aus welchem Teil Spaniens kommen Sie?

— Aus Sevilla.

— Aus Sevilla? Das ist nicht möglich.

Eines der Mädchen – die Szene spielte sich im Hause einer Familie in München ab – begann etwas zu tanzen, was sie für einen andalusischen Tango hielt. Der Andalusier wurde verrückt, als er sah, dass das Mädchen eine *muñeira*[25] tanzte. Sein Einspruch zeigte keine Wirkung.

— Der mir das beibrachte, sagte das Mädchen, war ein echter andalusischer Zigeuner.

— Ein Zigeuner aus Pontevedra.[26]

— Genau. Aus Pontevedra. Jetzt erinnere ich mich.

Mit dem Journalismus passiert Ähnliches wie mit dem Andalusismus. Alle Spanier, die im Ausland leben, sind auch ein wenig Journalisten. Im Ausland Journalist zu sein, ist beinahe genauso einfach wie Andalusier zu sein, alles ist lediglich eine Frage des Körperbaus und der Kleidung. Deswegen gibt es so viele spanische Journalisten hier. Es sind Journalisten, wie der Sohn von San Feliú de Guixols[27] Andalusier ist. Dennoch täuschen sie nicht nur die Hauswirtin der Pension, sondern auch viele Male unsere Auslandskorrespondenten, welche

---

25 Galizischer Volkstanz.
26 Galizischer Ort (und Geburtsort Julio Cambas).
27 Typischer katalanischer Name.

sich praktisch nie durch regelmäßige Lektüre der spanischen Presse auszeichnen.

Diese Journalisten sind mit mehr Papieren und Dokumenten ausgestattet als echte Journalisten. Alle haben ihren Presseausweis, ihre Visitenkarten und ihr Schreibpapier, auf dem ihre Steuernummer gedruckt ist. Außerdem – nichts geht über Gerechtigkeit – haben sie ein Auftreten, das dem unseren bei Weitem überlegen ist. Ich habe beobachtet, dass sich so jemand nicht damit begnügt, sich in einen Redaktionsraum zu drängen, sondern dass er aus anderen Beschäftigungen noch lukrativeren Profit schlägt.

Wir echten Journalisten befinden uns im Vergleich zu den falschen Journalisten offensichtlich in einer unterlegenen Position. Darüber hinaus sind ihrer viele, und wir sind nur fünf oder sechs. Ich musste eines Tages den Schutz von einigen von ihnen in Anspruch nehmen, um ein Theater betreten zu können. Ich vermute, mein Fall wird nicht der einzige geblieben sein.

Die falschen spanischen Journalisten im Ausland lassen sich in zwei Klassen unterteilen, so wie die falschen Andalusier: Einige von ihnen beuten den Journalismus zusammen mit unseren diplomatischen Repräsentanten und unseren Handelskammern aus, andere den Flamenco.

— Ich bin nämlich kein *flamenco*[28], sagte ein Andalusier in Paris. Das ist witzig, aber von diesem Ruf lebe ich.

Viele falsche Journalisten leben auch vom Journalismus. Es hat den Anschein, dass sie darin echten Journalisten gleichen, ich hingegen glaube, dass sie sich darin von ihnen unterscheiden.

Die andere Klasse falscher Journalisten und falscher Andalusier ist um vieles erträglicher. Es sind beinahe nette Leute. Diese Klasse setzt sich zusammen aus Leuten, die ein gewisses Ansehen und irgendwie Eindruck schinden wollen, sie sind auf etwas erpicht, das einem gut steht und das die anderen vor Erstaunen fassungslos macht. Sie denken, dass ein Spa-

---

28 Unübersetzbares Wortspiel. *Flamenco* bedeutet im Spanischen sowohl *Flame, Flamingo* als auch *Angeber*. Außerdem ist es eine Anspielung auf die in Andalusien beliebte Musikkultur des Flamenco.

nier außerhalb Spaniens in Sevilla geboren sein oder Korrespondent von *La Tribuna* sein muss. Im Allgemeinen verspüren sie tatsächlich die Berufung, Journalisten oder Sevillaner zu sein.

Neulich traf ich in Berlin einen echten Andalusier. Es war ein trauriger Andalusier. Er hatte so viel andalusisches Aussehen wie ich journalistisches habe, nämlich Null. Jener Andalusier wusste nicht, warum ich ihm so fest die Hand drückte, als ich mich von ihm verabschiedete.

Deutsche Gehröcke

Herr Professor Aschinger, dessen Nachbarschaft ich mich rühme, hat seinen Titel und seinen Gehrock. Beide stammen aus demselben Jahr und beide demonstrieren die Weisheit Professor Aschingers. Sie in Spanien kennen nur parlamentarische Gehröcke und haben nicht die geringste Idee von den Gehröcken der deutschen Professorenschaft. Der Gehrock eines deutschen Professors ist etwas so Feierliches und Fettiges, dass ein frivoler Geist es niemals wagen würde, ihn sich überzuziehen. Um eines solchen Gehrocks würdig zu sein, muss man ein tiefsinniger Philosoph sein und alle Eitelkeiten dieser Welt auf eine perfekt kantianische Weise verachten.

Dies ist bei Professor Aschinger der Fall. Der Professor Aschinger begibt sich in seinen Gehrock wie ein Fräulein sich ins Kloster begibt; er begibt sich in seinen Gehrock, um allen weltlichen Banalitäten abzuschwören. Sein Gehrock ist sein Refugium. Der Gehrock ist das Asyl, in dem seine deutsche Professorenseele durch keinerlei Angelegenheit gestört sein wird, die nicht von großem wissenschaftlichen Belang und Wert ist. Der Professor Aschinger weiß, dass der Gehrock eines deutschen Professors niemals die unschuldigen Freuden junger Damen erspüren, nie Blumenduft riechen, nie Vogelgezwitscher hören und niemals etwas von den Forderungen der Hauswirtin miterleben wird. Sobald sich ein deutscher Professor in seinen Gehrock begibt, prallen alle Verführungen und Mühseligkeiten dieser Welt wirkungslos an ihm ab.

Jeden Abend hängt Herr Professor Aschinger sorgfältig seinen Gehrock an einen Haken im Hausflur; das Dienstmädchen schnappt ihn sich frühmorgens, aber ich weiß nicht, was sie damit macht. Sie behandelt ihn mit großer Umsicht. Ich glaube, es ist das Verdienst des Dienstmädchens, dass es dem Gehrock meines illustren Nachbarn niemals an einigen Fettflecken mangelt. Meines Erachtens lässt das Dienstmädchen das Fett auf den Gehrock des Professors auf dieselbe Weise tropfen, wie sie es in Tassen voller Brühe tropfen lässt, wenn auch mit etwas mehr Respekt. Kürzlich betrachtete der Professor Aschinger seinen Gehrock und sagte:

— Der wird es noch ein paar Jährchen machen, he?

— Das glaube ich wohl, Herr Professor. Dieser Gehrock könnte nicht *dozentischer*[29] sein.

Der Professor Aschinger, der alles weiß, kann auch Spanisch, aber diesen schäbigen Witz, den gemacht zu haben ich mit ganzer Seele bereue, drang nicht durch seine Epidermis hindurch.

Was wäre der Professor Aschinger ohne seinen Gehrock? Sein Gehrock ist so sehr mit seiner Weisheit identisch, dass es mir vorkommt, dass er seine Weisheit selbst ist. Ich vermute, dass Professor Aschinger, sobald er seinen Gehrock auszieht, sich auch seiner Wissenschaft entledigt, dass er sofort alles vergisst – alles! Und dass er sich bis zum nächsten Morgen an nichts erinnern kann, bis er, mit Hilfe des Hausmädchens, sich wieder in sein ehrwürdiges Kleidungsstück hineinzwängt. Es muss so sein und ich freue mich, dass es so ist, weil, wäre es anders, könnte Professor Aschinger nicht ruhig schlafen.

Und wenn es so ist, dann ist die Bewunderung des guten deutschen Volkes für die Gehröcke ihrer Professoren und der Respekt, mit dem hier alle Welt einen Mann ansieht, der mit einem schmutzigen, abgetragenen, verbeulten und unmöglichen Gehrock ein Café oder ein Gebäude betritt, vollkommen verständlich.

---

29 Unübersetzbares Wortspiel: *docente* klingt wie *decente* = anständig, sauber, angemessen

Der englische und der deutsche Polizist

Vor einiger Zeit soll ein deutscher Polizist einen Kutscher erschossen haben, weil dieser eine etwas respektlose Bemerkung gemacht haben soll. Der Polizist wurde am Ende freigesprochen.

Ich habe früher einmal schlecht über die englischen Polizisten geredet. Ich habe gesagt, sie seien groß, gerecht und wasserdicht. Sie sind tatsächlich groß und wasserundurchlässig, größer und wasserundurchlässiger als die deutschen Polizisten, aber sie sind menschlicher als sie. Sie könnten die arme Menschheit, die vor ihren Füßen durch den Schlamm stapft, verachten, aber weit davon entfernt, dies zu tun, schenken sie ihr einen väterlichen Blick. In London kannte ich einen *policeman,* der sich auf die allermenschlichste Art und Weise seine sechs oder sieben Whiskys genehmigte. Andere lächeln sogar Mädchen zu und angeln sich ein Dienstmädchen als Freundin. Schon kurz nachdem man in London angekommen ist, fühlt man sich durch den englischen Polizisten beschützt, wie man sich als kleiner Junge behütet und im Traum von einem Riesen bewacht glaubte. Er gibt gütigst jede erdenkliche Art von Auskunft, wenn er es auch wie der deutsche Polizist machen könnte, der niemals eine gibt. Er zeichnet eine Wegbeschreibung auf ein Stück Papier, er ist stets hilfsbereit und in einer Auseinandersetzung mit einem Kutscher würde er diesen sogar noch die richtige Aussprache lehren:
— Haben Sie gerade dies gesagt? Sie dürfen das l am Ende des Worts nicht so in die Länge ziehen. So …

Vor allem feuert der englische Polizist keine Schüsse auf irgendjemanden ab. Der Polizist in London ist allen ein Vater. Manchmal schaut er etwas finster drein, aber man darf ihm das nicht nachtragen. Er tut dies, um seine väterliche Autorität zu bewahren und um die Bürger nicht mit einer allzu exzessiven Sanftheit zu korrumpieren. Ich habe häufig gesehen, wie ein englischer Polizist einem Betrunkenen gedroht und dann später hinter seinem Rücken mit großer Nachsicht gelächelt hat. Bei einer dieser Gelegenheiten sagte mir ein Polizist auf der *Charing Cross Road:*

— In Wahrheit gibt es sehr witzige Betrunkene, aber es ist notwendig, sie finster anzublicken. Das kostet sehr viel Mühe.

Darüber hinaus beißen die englischen Polizisten nicht, noch tun sie irgendjemandem etwas zuleide. Heute, unter preußischen Polizisten, erinnere ich mich an sie mit echter Liebe. Ich erinnere mich an sie als gütige, väterliche, lächelnde Polizisten, die keinen Stachel auf ihrem Helm haben. Jeder preußische Polizist sieht mehr oder weniger aus wie eine ungehobelte Statue des Königs von Preußen; eine Statue, in der brutalsten Körperhaltung ihres Vorbilds. Wer wäre so kühn, sie nach dem Weg zu fragen?

Restrepos Bart

— Erkennen Sie mich wirklich nicht?
— Bei meiner Ehre, nein.
— Aber Mensch, ich bin's doch, Restrepo!

Seit mindestens vier Jahren hatte ich Restrepo nicht mehr gesehen. Ich habe ihn in Madrid kennengelernt, wo er in politischen Angelegenheiten tätig war und sich einen guten Posten versprach. Bisher hatte ich ihn niemals irgendwo sonst gesehen.

— Wie hätte ich Sie denn wiedererkennen sollen? Sie haben sich ja vollkommen verändert! Ohne Bart, ohne Schnurrbart! Ich erkenne Sie nicht mehr wieder, mein lieber Restrepo.

Der Bart Restrepos war wirklich bewundernswert. Man kann sagen, dass er ganz allein die gesamte Persönlichkeit Restrepos gebildet hatte. Unter Restrepo selbst stellte man sich lediglich den Verwalter dieses großartigen Barts vor. Dergleichen Bärte sieht man nur in der spanischen Politik, und wer sie trägt, wird auf lange Sicht immer belohnt. Die Parteichefs verleihen ihnen öffentliche Ämter, in denen sie hervorragende Ergebnisse erzielen, und sie geben ihnen ein einträgliches Gehalt. Dafür ist nur eine Sache notwendig: Konsequenz. In der Politik und mit einem Bart muss man konsequent sein. Man muss sie Jahr für Jahr bestellen wie ein Weizenfeld. Zugunsten des Lebens auf einen Bart zu verzichten, hat in der Politik ein sehr schlechtes Ansehen.

— Und was machen Sie jetzt, mein lieber Restrepo? Welcher Sache widmen Sie sich jetzt, ohne einen Bart, um den Sie sich kümmern müssen? Hätte ich einen Bart wie den Ihrigen gehabt und ihn mir abgeschnitten, mein Dasein würde mir zwecklos vorkommen.

— Schauen Sie, sagte mir Restrepo, Ich komme gerade aus London. Ich bin schon ungefähr zwei Jahre im Ausland. Ich fertige Übersetzungen an und unterrichte Spanisch. Mein Bart war mir hinderlich und verschlang viel Zeit. Um ihn zu pflegen, hätte ich meine Arbeit aufgeben müssen und das war unmöglich. Sie verstehen, dass ich nicht ausschließlich von meinem Bart leben konnte.

— Tatsächlich. Im Ausland kann einer nicht von seinem Bart leben. Diese Idioten wissen einfach nicht, was ein gepflegtes Äußeres wert ist.

— Nun gut, ich schnitt mir also den Bart ab. Es kostete mich ein wenig Überwindung, die Entscheidung zu treffen. Ich sage Ihnen dies ganz im Ernst, man beginnt nämlich, Zuneigung für seinen Bart zu entwickeln. Sie mögen darüber lachen, aber mit einem Bart wie dem meinigen gewinnt man in Spanien den Respekt aller. Im Ausland ist das anders, hier schlägt man sich durchs Leben, wie man eben kann. Manchmal muss man Dinge tun, die sich mit einem Bart nicht gut vertragen, Sie verstehen, was ich meine? Ein Beispiel: Manchmal muss man einem Argentinier, der gerade erst angekommen ist, als Übersetzer dienlich sein. Und wirklich, dieses Amt mit einem Bart auszufüllen, der einem bis zur Hüfte reicht, ist nicht gut.

Der große Restrepo! Und ich dachte, er sei ein Abtrünniger. Das Gegenteil war wahr: Er hatte sich den Bart abgeschnitten, um ihn nicht durch eine würdelose Arbeit zu erniedrigen. Was ist das Opfer von *Guzmán el Bueno*[30] im Vergleich zur Tat Restrepos? Restrepo war ein Liberaler. Wird es für sein Verhalten keinen Preis des Herrn Grafen *de Romanones*[31] geben?

---

30 Einer Legende nach opferte Guzmán el Bueno seinen eigenen Sohn, um das belagerte Schloss in Tarifa nicht zu verlieren.
31 Eine der einflussreichsten Personen der *Partido Liberal.*

— Ja, mein lieber Camba. Ich habe mir den Bart abgeschnitten. Was hätte ich mit ihm in der Welt anstellen sollen? Wie hätte ich mit ihm in ein Restaurant gehen können, in dem ein Gericht 30 Pfennig kostet? Und ich möchte gar nicht daran denken, was passieren würde, wenn ich nach Spanien zurückkehren würde. Aber von der Politik verspreche ich mir schon gar nichts mehr.

Wir bestellten noch ein Gläschen. Restrepo wurde sehr vertraulich. Ohne Bart war er viel menschlicher und ehrlicher. Er gestand mir, dass man ihm in London, wo das Opfer stattfand, für den Bart dreieinhalb Schilling gegeben hatte. Es war ein Elend!

— Sie hatten nicht Unrecht, fügte er hinzu, als Sie sagten, dass das Leben ohne Bart zwecklos sein muss. In Wirklichkeit verhält es sich so, dass ich, sobald ich keine Arbeit mehr zu erledigen habe, nicht weiß, was ich mit meinen Händen machen soll.

Und als der arme Restrepo dies sagte, kratzte er sich an seinem imaginären Bart.

— Da wir uns jetzt schon einmal hier in Berlin getroffen haben, mein lieber Restrepo, können wir doch auch noch gemeinsam den Abend verbringen.

Ich schlug ihm ein Programm für den Abend vor. Ich bin sicher, hätte Restrepo seinen Bart noch gehabt, hätte er es nicht akzeptiert. Alles wäre ihm sehr unernst vorgekommen. Sein Bart hatte einen enormen Einfluss auf sein moralisches Empfinden gehabt. Er glaubte – und dieser Glaube ist so etwas wie die Zusammenfassung der Religion der Bärte – dass ein Mann, den ein Bart schmückt, zur Sittenstrenge verpflichtet sei. Seinem Bart gegenüber verhielt sich Restrepo wie gegenüber seinem politischen Vorgesetzten: ernst, diszipliniert und ein wenig tranzendental. Heute hat er weder Bart noch Politik, das gibt ihm Freiheit, aber zugleich raubt es ihm Ansehen und Selbstachtung.

Armer Restrepo! Wenn man nur daran denkt, dass man ihn in Spanien, hätte er sich nicht rasiert, mindestens zum Abteilungsleiter gemacht hätte!

Der Pelzmantel

Tür an Tür mit mir lebt ein Professor der Universität von Madrid, der in das Haus von Frau Grube gekommen ist, um die neuesten Fortschritte im Bereich der Anthropologie zu studieren. Er ist ein Mensch, der sehr empfindlich auf die Berliner Kälte reagiert und ich habe ihm geraten, sich einen Pelzmantel zu kaufen.

— Einen Pelzmantel! Sind sie denn wahnsinnig?

— Also bitte! Ich habe in der Friedrichstraße ziemlich gute Pelzmäntel für 130 Mark gesehen. Wenn ich wie Sie Professor wäre, oder wenn ich wenigstens über Politik und Soziologie schreiben würde, anstatt literarische Chroniken zu verfassen, hätte ich mir schon einen gekauft.

Ich konnte meinen Freund nicht überzeugen und so muss er weiter zittern. Ein Pelzmantel! Für einen Spanier geht hier nichts über einen Pelzmantel! Ein Spanier betrachtet einen Pelzmantel als ein luxuriöses Kleidungsstück, das sich nur große Persönlichkeiten leisten können. Ein bescheidener Spanier, ein Spanier, dem es an politischem Ehrgeiz mangelt oder der einer Volkspartei angehört, wird sich niemals einen Pelzmantel anziehen. Nehmen Sie als Beispiel Lerroux. Seitdem er sich einen Pelzmantel gekauft hat, hat er die Hälfte aller Parteimitglieder verloren. Sie können den Lerrouxisten sagen, was Sie wollen: dass Lerroux dies und das und auch jenes gemacht hat … Die Lerrouxisten werden fest auf ihrer Meinung beharren. Wenn Sie ihnen hingegen sagen, Sie hätten Lerroux in einem Pelzmantel gesehen, und wenn Sie das mit etwas Eloquenz sagen, werden Sie sehen, was für einen tiefen Eindruck das auf die Zuhörerschaft machen wird. *El Progreso* aus Barcelona hat versucht, der schlechten Stimmung entgegenzusteuern, die der Pelzmantel in den Reihen der Republikaner bewirkt hat, indem sie behauptete, sein Pelzmantel sei aus Kaninchenfell.

— Das Schlimme ist, sagte mir eines Tages Emiliano Iglesias, dass die Zeitungen, die eine Kampagne gegen Lerroux fahren, eine Verleumdung in die Welt setzen und sie danach niemals widerrufen.

Bald darauf erschien Lerroux auf einer Versammlung in Barcelona.

— Hier, sagte er, sind wir alle eins. Seht ihr diesen Pelzmantel? Ich ziehe ihn jetzt aus.

Lerroux ist ein großer Redner. Er zog sich den Pelzmantel mit einer solchen Geste aus, mit einer solchen Eloquenz, dass er riesigen Applaus erhielt. Am Ende der Veranstaltung zwängte er sich wieder in den Pelzmantel und machte sich auf den Weg nach Hause.

In den königstreuen Parteien genügt es, ein einfacher Abgeordneter zu sein, um einen Pelzmantel zu tragen. In der republikanischen Partei ist der Pelzmantel nicht einmal den Chefs erlaubt. Außerhalb der Politik, der Justiz und der Universität kann in Spanien tatsächlich niemand einen Pelzmantel tragen.

Ich habe verschiedene Regierungsmitglieder und Staatssekretäre gesehen, die sich im September in einem Pelzmantel herumquälten, um ihres Amtes würdig zu erscheinen. Als man einmal den Aufstieg von Moret an die Macht verkündete, sagte mir ein alter Weggefährte Morets, der mit mir zusammen in einer Pension in der Calle de la Salud[32] lebte:

— Kennen Sie nicht einen guten Schneider für Maßanzüge? Wissen Sie, mit einem maßgeschneiderten Pelzmantel hätte ich die Gewissheit, dass mir Moret bei der nächsten Amtsvergabe irgendeine Provinz geben würde. Aber in diesen Lumpen kann ich ihn zu gar nichts verpflichten.

— Aber was sagen Sie da! Man sollte Ihnen eine warme Provinz geben. Mallorca oder Málaga.

— Sie werden schon sehen, wie sie mir keine geben werden.

Sie gaben ihm keine. Danach trat mein Freund in die republikanische Partei ein. Er trug keine königliche Kleidung und er tat gut daran.

---

32 Straße in Madrid.

Die Architektur in München

In München, so wie in allen deutschen Städten, spiegeln die Gebäude die gesamte Architekturgeschichte wieder: Man sieht Griechisches und Römisches, die Gotik und die Renaissance etc., sogar den belgischen *modern style* van de Veldes. Neben einem Schweizer *chalet* sieht man ein Panthenon, später kommt man an einem englischen *cottage* vorbei, und plötzlich ist da eine Kathedrale, die in Wirklichkeit ein Restaurant oder ein Haushaltswarengeschäft ist.

Es gibt Familienpensionen, deren Fassaden mit Göttern, mittelalterlichen Kriegern und Riesen der Nibelungen bedeckt sind und wo man für 100 Mark im Monat wohnt. Alle Pensionsgäste wissen, dass alle diese so mittelalterlichen Häuser kaum sechs oder sieben Jahre alt sind und ich glaube, ein wirklich anständiger Mensch würde niemals darin wohnen wollen.

Dennoch wirkt die Münchner Architektur nicht ganz so entsetzlich wie die in Berlin, das weniger wie eine echte Stadt, sondern eher wie eine Weltausstellung wirkt. Die Münchner haben weniger Geld als die Berliner. Dieser Umstand und ein gewisser Geschmack in Kunstdingen hat die Münchner daran gehindert, solche Greuel und ästhetischen Verbrechen wie das *Weinhaus Rheingold* oder das *Wertheim-Kaufhaus* zu begehen und Gebäude zu konstruieren, die wie Festungen aussehen. Außerdem gibt es in München einige mittelalterliche Bauten, die tatsächlich aus dem Mittelalter stammen.

Hier gibt es weder Statuen von den Hohenzollern noch von Moltke noch von Bismarck. Es gibt dafür Statuen von Ludwig II. und weiterer Künstlerkönigen Bayerns. Manche dieser Statuen sehen aus wie Tenöre, aber sie wirken viel freundlicher als die Statuen in Berlin. Außerdem ist man vom Hellenismus besessen, München gilt als das deutsche Athen. So sieht man hier öffentliche und private Propyläen. Ich war in einem Gasthof, der sich *Propyläum* nennt, mit eigenem Peristyl und Fries und allem drum und dran. Ich habe mir die Zimmer angeschaut, und dass ich dort nicht wohnen wollte, lag daran, dass ich mich für keines der Zimmer genügend attisch fühlte. Lediglich eine Frage der Bescheidenheit.

Diese Besessenheit vom Hellenismus, die die Münchner haben, erinnert an die Literaten, die über niemand anderen als Petronius und Aphrodite reden können. München hat etwas von diesen Büchern, die sich *Phryne* oder *Astarte* nennen; aber wie nett erscheint mir München im Vergleich zu Berlin, und wie reizend sind diese Baritonkönige mit ihren Tuniken und Schwänen, ihren Silberschiffen und ihren Narrheiten, verglichen mit den Hohenzollern des Tiergartens.

Der See, das Bier, die Denkmäler

Sobald die Sonne scheint, füllen sich die Züge, die von München nach Starnberg fahren. Alle fünf Minuten geht ein Zug vom Hauptbahnhof nach Starnberg, und für einen geringen Preis machen sich die Münchner auf den Weg, um im Starnberger See zu baden, frische Luft zu atmen und die Sonne zu genießen. Die einen fahren in *Personenzügen*, die anderen in *Kapitalistenzügen*. Die Personenzüge waren früher die einzigen Züge, die es hier neben den Güterzügen gab: Später baute man dann Express- und Luxuszüge; die einfachen Züge nennt man weiterhin Personenzüge.

Ich war auch in Starnberg. Seitdem ich in der Schweiz war, betrachte ich mich bezüglich Seen als einen Experten. Von Starnberg aus fuhr ich zehn Minuten lang an Bord der *Bavaria* zum Seehotel Leoni. Ich habe das Bismarckdenkmal besichtigt und bin mit einem anderen Schiff, der *Wittelsbach*, nach Tutzing gefahren. Bevor man zum Seehotel *Leoni* gelangt, sieht man am Seeufer ein zur Erinnerung an Ludwig II. errichtetes Denkmal, genau an der Stelle, wo sich jener Lohengrinkönig ertränkt hat. Was haben die Engländer nicht für Dinge über den Tod Ludwig II. geschrieben! Ludwig II. habe sein Königsamt wie eine Theateraufführung inszeniert. Wie es heißt, habe sich Napoleon, als man ihm den kaiserlichen Mantel anziehen wollte, zunächst geziert:
— Ein kaiserlicher Mantel!, sagte er. Ein jeglicher Schauspieler wüsste genau, wie man ihn tragen müsste; ich jedoch würde eine lächerliche Figur darin abgeben.

Ludwig II. wurde König, so wie es auch Emilio Thuiller[33] hätte werden können. Federn, Helmbüsche, Hermelin und Purpur, man umgab Seine königlichen Hoheit mit jeglicher Theatralität, die Sie wünschte. Ihr Bett war aus Samt, mit Edelsteinen besetzt und mit einem goldenen Baldachin bedeckt. In Ihren Schlössern gab es falsche Türen, die zu nichts dienten, die aber ein *spektakuläres Schauspiel* abgaben, um einmal eine pittoreske Formulierung zu gebrauchen, die Herr Unamuno aus dem Portugiesischen entlehnt hat. Zur Mittagessenszeit fuhr wie in den *novelas de folletín*[34] vor den Augen der staunenden Gäste ein prachtvoller, üppig gedeckter Tisch aus dem Fußboden des Schlosses. Ludwig II. fuhr in Schwanengondeln, gekleidet als Lohengrin, im Mondlicht über die bayrischen Seen. Er war ein König der großen Bühne. Sein geheimnisvoller Tod liefert heute noch Anlass für Essays über lyrische und romantische Literatur.

Ich habe das Denkmal Ludwig II. mit viel Sympathie betrachtet, mit viel mehr Sympathie als später das Denkmal Bismarcks. Ich vermute, Sie wissen schon, was ein Bismarckdenkmal ist. Ein Bismarckdenkmal ist ein Gebilde aus Stein, riesig und schwer, über das man sehr häufig in Deutschland stolpert. Die Franzosen finden Bismarckdenkmäler geschmacklos. Ich auch. Aber schließlich war Bismarck keine Tänzerin und man wird ihm weder grazile und leichte Monumente widmen, noch um jene herum Lilien pflanzen.

— Das ist lediglich brutal, nicht künstlerisch, sagen die Franzosen angesichts von Bismarckdenkmälern.

Aber welche Art von Denkmal könnte man Bismarck errichten? Denkmäler etwa, wie sie die Franzosen in Paris Alfred de Musset errichtet haben?

Alles in allem, auch wenn das Bismarckdenkmal, das ich gesehen habe, hässlich ist, der Starnberger See ist entzückend. Und was für schmackhafte Fische in ihm schwimmen! Die Fische, die ich in Tutzing im Hotel Simson gegessen habe, ein Hotel, das die anklagende Feder Maximilian Hardens weltbe-

---

33 Berühmter spanischer Theaterschauspieler.
34 Beliebte Art der spanischen Variante des Fortsetzungromans, oft Geschichten mit phantastischen Elementen.

rühmt gemacht hat. Tutzing ist ein Schlupfwinkel für allerlei Arten von Liebe. Aber es lohnt sich mehr, über die Fische als über die Lieben des Hotels Simson zu sprechen. Wie ich schon sagte, die Fische des Starnberger Sees sind äußerst schmackhaft und der See ist bezaubernd. Man kann sich nichts Dekorativeres vorstellen. Die Münchner baden an seinen Ufern, danach liegen sie auf eine sehr verführerische Art und Weise mit Lendenschurzen bekleidet in der Sonne. Es gibt Musik, Restaurants und, sobald die Nacht einbricht, Leuchttürmchen venezianischer Art. Am Seeufer kann man für 2 Mark zu Abend essen und einen halben Liter Bier für 30 Pfennig trinken.

Mit solchen Seen und einem Bier, wie es das Münchner ist, wer sollte sich da wundern, dass die Leute hier einen guten Charakter und eine optimistische Sicht auf das Leben haben?

Die Moral Münchens

Münchens Moral, verglichen mit der Frankreichs, ist wie die französische Moral, vergleicht man diese mit der spanischen. Der Spanier kommt nach Paris und entdeckt das Vergnügen. Er bemerkt, dass es nirgends Gruppen gibt, die ausschließlich aus Männern bestehen; selbst das Leben des ärmsten Studenten versieht irgendeine Frau mit ein wenig Freude. Er sieht Mädchen zusammen mit Männern in Cafés, im Restaurant, an allen öffentlichen Orten. Abends, wenn er in den fünften oder sechsten Stock hinaufsteigt, sieht er vor den Haustüren der anderen Zimmer, neben diesen riesigen und deformierten Stiefeln der Franzosen, auch Frauenschühchen, denen es, wenn sie auch schiefe Absätze haben, nicht an Poesie mangelt. Ein gerade in Paris angekommener Spanier sieht schließlich, dass ein junger Mann seiner Freundin mitten auf der Straße zum Abschied einen Kuss gibt, und dass dieser Kuss nicht wie in Spanien gleich eine Todsünde ist.

— Hier versteht man es zu leben!, denkt der Spanier.

Paris ist also für München das, was Madrid oder Barcelona für Paris sind. Nicht, dass es in München schreckliche

Laster gäbe. Ich glaube nicht, dass diese blonden Mädchen mit ihrem weißen und üppigen Fleisch jemals lasterhaft seien könnten. Sie haben nämlich eine recht einfache Moral und einen anpassungsfähigen Geschmack. Für sie ist die Liebe weder etwas Tragisches noch etwas Perverses. Für sie ist die Liebe eine Art und Weise, auf die sich hier Kellnerinnen und Nähmädchen vergnügen. Wenn Sie mit ihnen einen Spaziergang machen und sie zum Tanzen einladen, tanzen sie; wenn Sie sie zum Essen einladen, essen sie; und wenn Sie sie zum Lieben einladen, lieben sie. Und glauben Sie später bloß nicht, sie seien ein Verführer oder der schreckliche Pérez[35]. Ich habe schon gesagt, dass diese Frauen einen sehr anpassungsfähigen Geschmack haben, sie machen mit Ihnen einen Spaziergang, so wie sie auch einen Spaziergang mit einem deutschen Studenten, dessen Kopf mit Schmissen übersät ist, mit einem äußerst dickbauchigen Münchner Rentner, mit einem serbischen Maler oder einem jungen Japaner machen würden. Sie geben einem das Herz wie sie einem die Hand geben. Sie lieben so wie sie sprechen.

Sind Sie ein Don Juan de Mañara, bleiben Sie in Spanien; es mag sein, dass Sie in Spanien die eine oder andere Eroberung machen. Einen Don Juan in München stelle ich mir vor wie einen großen Pianisten, der auf einem Pianola spielt. Wozu die Blicke wie Górritz[36] werfen, wenn man hier sogar mit einer Brille auf der Nase Herzen entflammen kann?

Der gerade in Paris angekommene Spanier schaut die Frauen an wie jemand, der seit sieben Tagen Hunger hat und die Speisen eines vorzüglichen Banketts betrachtet. Seine Augen leuchten vor Begehren und das beschert ihm große Erfolge. Die Französinnen betrachten ihn nicht als hungrig, sondern als leidenschaftlich. Sie glauben, dass das, was in Wirklichkeit eine einfache Frage der Notwendigkeit ist, Temperament ist, und häufig gefällt ihnen der Spanier. Derselbe Spanier in München würde eine lächerliche Figur abgeben. Niemand würde verstehen, weshalb er einer Sache so große

35 Theaterstück über einen Lebemann und Frauenheld.
36 Verführerfigur aus dem Stück »El método Górritz«.

Bedeutung zumisst, die hier kaum der Rede wert ist. Wegen einer Frau hier die Augen zu verdrehen und sich auf die Lippen zu beißen wäre so, wie wegen einem Bockbier oder einer Zigarette die Augen zu verdrehen und sich auf die Lippen zu beißen. Man würde sein Verhalten für das eines Wahnsinnigen oder eines Trottels halten.

Moral hin oder her, ich ziehe die spanische Moral der münchnerischen vor. In Spanien vergehen drei Jahre, in denen man sich nur als Freunde unterhält. Aber wenn man sich schließlich doch eine Freundin angelt, dann hat diese Liebe Geschmack und Leidenschaft, Interesse und Seele.

Frauen in Spanien zu jagen erinnert an die Worte des tollpatschigen Bauern, der mit einem Knüppel Forellen fangen gehen wollte:

— Ich werde wenige fangen; aber wehe der, die ich erwische!

Die spanische Moral ist rein. Die aus Paris hat etwas Verdorbenes an sich, so wie man Rebhühner würzen muss, damit sie nach etwas schmecken. Hier in München gibt es weder Moral noch Verdorbenheit, weder Laster noch Tugend. Was heißen soll, dass die Menschen hier von Grund auf ehrlich sind, daran besteht nicht der geringste Zweifel. Aber es gibt keine Tugend, die dem Laster gegenüberstehen würde, weil diese Einfachheit in den Beziehungen zwischen Männern und Frauen nichts Lasterhaftes an sich hat. Hier gibt es Gesundheit, Freude und einen sehr gutmütigen Charakter, der mit aller Welt gut auskommt.

Wenn viele spanische Studenten nach München kommen würden, würden sich jene abscheulichen Romane von Felipe Trigo[37] und seiner Nachahmer nicht mehr weiter verkaufen, was ein nicht endendes Glück für unsere Kultur bedeuten würde.

---

37   Spanischer Autor erotischer Romane.

La Candela in München

Im *Café Luitpold* gibt es eine Kellnerin, die, wenn man sie fragt:
— Verdrücken Sie viel?,
— antwortet: Man bettet[38], so viel man kann.
  Eine andere Kellnerin, die im Rathauscafé arbeitet, kann *¡Vaya cardo!* und *¡Vaya caló!*[39] sagen. Man erinnert sich so an die ferne Heimat, was heißen soll, an *La Candela*[40], und schon will man aus dem Rathauscafé und dem Luitpold nicht mehr weg. München ist wie eine riesige Variante von *La Candela*, wo es nichts außer Kellnerinnen und Studenten gibt. Die Kellnerinnen lassen sich nicht nur kneifen, sie würden es einem übelnehmen, wenn man sie nicht kneifen würde. Man würde von ihnen als sehr überheblich betrachtet werden. Ab und zu muss man ihnen einen kleinen Klaps geben und die Spanier tun das mit großer Überzeugung. Die Kellnerinnen dienen ihnen dazu, die Kunst, deutsche Frauen zu verführen, zu üben. Später machen sich einige sogar daran, ihre Pensionswirtin zu erobern. Andere bleiben bei den Kellnerinnen und bei Kant, der *Kritik der reinen Vernunft* und riesigen Brüsten, aus denen zukünftige Münchner Babys ihr erstes Bier saugen werden. Das *¡Vaya caló!*-Mädchen sagte mir, dass sie diesen Satz von einem Philosophiestudenten gelernt habe, der viel wusste.
— Heißt er Ortega y Gasset?, fragte ich sie.
— Ich weiß nicht, wie er hieß, er war Katalane.
  Ein Katalane, der in München *¡Vaya caló!* sagt … Das hätte er mal im *La Candela* sagen sollen. Aber das ist der Vorteil von München, betrachtet man es als Bierhaus der Kellnerinnen: Wir können hier alle ein wenig Andalusier sein, die Katalanen, die Galizier, die Basken und die Aragoneser. Mit

---

38 Unübersetzbares Wortspiel: *¿Se jama mucho?* = Verdrücken Sie viel? / *Se cama todo lo que se puede.* = *camar* = künstliche Verbbildung zu *cama* = Bett.
39 Südspanisch für: »Was für eine Hitze!« *¡Vaya cardo!* hingegen ist ein unsinniger Satz, der wörtlich übersetzt so viel wie »Tja Distel/Kratzbürste/hässlich!« bedeutet.
40 Berühmtes Bierlokal in Madrid.

diesen Kellnerinnen im Sinn verwirklichen wir unsere ersten Versuche in der Liebe zum Flamenco, wenn wir nach Spanien zurückkehren. Die Andalusier macht Deutschland zu ernsten Menschen, die nach Spanien zurückkehren und mit einer unerträglichen Pedanterie reden, die sie für den Rest aller Spanier unerträglich werden lässt. Sobald man einer Münchner Kellnerin beibringt ¡*Vaya caló!* zu sagen, lernt man, dies auch selbst zu sagen. Das Schlimme ist, dass man, nach Spanien zurückgekehrt, wahrscheinlich nicht mehr ¡*Vaya caló!* sagt und dann die drei oder vier Jahre Deutschlernen vertane Zeit waren.

Im Übrigen sind die Münchner Kellnerinnen sehr nett. Die Fanny aus dem *Luitpold*, die die Spanier bedient, seit der erste von ihnen in München landete, ist wirklich mütterlich. Ein großer Teil des jungen Spaniens hat sich dank ihrer Brüste entwickelt, so wie die Jugend zweier oder dreier anderer Nationen, die ebenso kantianisch sind: das junge Herzegovina, das sich jahrelang um sie herum versammelt hat, und das junge Persien, wenn ich mich nicht täusche.

Hemdsärmelig

Umgänglich und demokratisch

Ich habe schon gesagt, dass, wenn man die Kellnerinnen nicht streichelt, sie einen für einen stolzen Menschen halten und schlecht bedienen. In München muss man umgänglich und demokratisch sein. Man muss hemdsärmelig leben. Ein Mann, der sich großartig um seine Krawatte sorgt oder der nicht ein paar Fettflecken auf seinem Jackett hat, gilt als stolz und wird in München nicht sehr sympathisch wirken. Ein Mann, der keine Würste isst und nicht literweise Bier trinkt, wird hier ebenfalls nur wenig Sympathie erwecken.

— Hast du gesehen was für ein stolzer Stutzer er ist?, werden die Leute ausrufen. Er sagt, Würstchen würden ihm nicht schmecken.

Es ist notwendig, dass einem Würstchen, Bier und Kellnerinnen schmecken. Der perfekte Münchner streichelt alle

Kellnerinnen mit einer riesigen und demokratischen Hand. Verlässt er sein Haus, hält er erst einmal ein langes Schwätzchen mit der Pförtnerin, dann hält er die Bardamen von der Arbeit ab und unterhält sich recht familiär mit ihnen, München ist nämlich wie eine immens große Familie.

— Bei uns, sagt der perfekte Münchner, wenn er nach einem Rülpser weiterredet, haben wir patriarchalische Sitten.

Über die Preußen sagen die Münchner, sie seien »stolz wie die Spanier«. Dennoch rülpsen auch die Preußen, auch wenn sie es im Generellen auf eine eitlere Art und Weise tun als die Münchner.

Ich finde nicht, dass ein stolzer Preuße einem stolzen Spanier ähnelt. Ein Preuße ist stolz, wenn er zwei Mark besitzt oder wenn er sich eine Uniform anzieht. Ein Spanier ist hingegen stolz, wenn er keinen müden Pfennig in der Tasche hat. In diesem Moment entwickelt sich im Spanier dieser heroische und selbstmörderische Stolz, der die Bewunderung Barrows erregte.

— Glaubt dieser Kerl etwa, dass ich, nur weil ich kein Geld habe, dieses Essen hier annehmen werde?, sagt der Spanier. – Niemals!

Wenn Sie ihm eine Arbeitsstelle anbieten, wird er das Angebot empört zurückweisen:

— Glauben Sie, nur weil ich nur noch ein paar Staubkörner im Geldbeutel mit mir herumtrage, dass ich jetzt anfangen werde, zu arbeiten wie alle anderen auch?

Ein spanischer Graf hingegen, ein Abkömmling Gonzalo de Córdobas, ist sich nicht zu schade dafür, den Stoßdegenknecht eines Toreros mit Du anzusprechen. Natürlich ist es auch wahr, dass es dem Stoßdegenknecht nicht freisteht, den Grafen zu duzen.

Der spanische Stolz ist das Einzige, das uns noch von unserer Größe geblieben ist. Wir haben alles verloren und uns nur noch den Stolz erhalten, ein Umstand, der zugleich lächerlich und bewundernswert ist.

Aber in München erlaubt man einem keinerlei Stolz, hier sind wir alle gleich. Wir leben hemdsärmelig, wie man so sagt. Niemand lässt sich hier durch irgendjemanden einschüchtern. Ein vom Bier aufgeschwemmter Münchner schnallt sich ungezwungen vor Ihren Augen den Hosengürtel weiter, seufzt vor einer Zufriedenheit, die etwas anderes zu bedeuten scheint, und ruft aus:

— Wie Sie sehen, sind wir Münchner viel einfachere Leute als die Preußen.

In Reichweite von allen

Jeden Tag besuchen tausende Personen die Alte und die Neue Pinakothek, die Glyptothek und drei oder vier andere Kunstsammlungen. Danach beginnen diese Personen, die völlig unterschiedlicher Herkunft sind, an runden Tischen versammelt ihre Eindrücke untereinander auszutauschen. Eine Engländerin lobt ein Gemälde, das einen mit einem Frack bekleideten Menschen zeigt, der für eine sehr elegante Dame sein Automobil anhält; eine andere richtet ihre Aufmerksamkeit auf ein Interieur und sagt, die Fenstergardinen würden so echt aussehen. Eine Seniorin aus Cincinnati oder San Francisco richtet ihre Aufmerksamkeit besonders auf ein Stillleben, auf dem Pfirsiche dargestellt sind, die einfach zum Anbeißen aussehen. Eine andere Dame, vielleicht eine Österreicherin, lobt ein Bild, auf dem man Kinder sieht, die im Sand spielen.

— Die kleinen Engel sind so sauber und ordentlich gekämmt!

Drei oder vier Tage später verlassen diese tausenden Personen München. Einige von ihnen besuchen andere Museen in anderen Städten, andere kehren in ihre Dörfer zurück und erzählen, was sie gesehen haben. Und nach und nach verwandelt sich die Kunst dank des Tourismus in etwas wie Unterröcke oder Frauenhüte. Man spricht von der Alten Pinakothek wie man von den *Galleries Lafayette* in Paris spricht.

— Diese Bluse ist wunderschön.

— Und dieses Gemälde eines Speisezimmers?

Später kommt die Mode. Die eleganten Personen, die viel gereist sind, sagen:

— Velázquez? Pah! Jetzt sind die Griechen groß in Mode.

Und dies nennt sich, die Kunst auf die Höhe der Intelligenz der Zeit zu heben. Der Großteil dieser Seniorinnen erarbeitete sich ihren Begriff von Schönheit, indem sie Blusen und Federn kauften, und nicht einmal dabei haben sie einen guten Geschmack bewiesen. Ich verstehe einfach nicht, weshalb bei Rundreisen die Verpflichtung besteht, Museen zu besuchen. Muss die Person, die eine siebentägige Reise durch Deutschland macht, obligatorisch die Philosophie Hermann Cohens studieren? Warum verpflichtet man sie, die Münchner Museen zu besuchen? Man soll sie die Landschaft, die Seen und das Gebirge anschauen lassen, sie sollen etwas essen und atmen und dann wieder in ihre Dörfer zurückfahren.

— Gefallen Ihnen die Museen?, hat man mich an einem dieser runden Tische gefragt.

Ich antwortete, dass sie mir nicht gefielen. Und eine ganze Reihe alter Vogelscheuchen hat mich wie einen Banausen entsetzt angeschaut. Ich habe ihnen keine Erklärung gegeben; aber es ist in der Tat so, dass mir Museen nicht gefallen. All dieser Kuddelmuddel glorreicher Gemälde löst in mir eine große Depression aus. Es scheint mir, dass all diese Gemälde lebendig sein könnten, aber dass sie in Museen tot sind. Die Promiskuität, die in Museen herrscht, ekelt mich an. Mich widert vor allem an, dass der menschliche Geist so fruchtbar war, dass er eine solche Unzahl an Meisterwerken hervorgebracht hat und dass, nachdem ich Dutzende dieser Meisterwerke gesehen habe, immer noch hunderte weitere Meisterwerke auf mich warten. Schließlich sollten einem Meisterwerke nicht wie Erbsen zu Hunderten erscheinen. Ich gehe ins Museum, um etwas zu lernen, nicht zum Vergnügen. Wenn ich das vorhabe, gehe ich in ein Café.

Der Gehrock »Herr Direktor«

In dem Café, in das ich zu gehen pflege, gibt es einen Gehrock, der Teil des Mobiliars ist. Es handelt sich um den Gehrock »Herr Direktor«. Wenn der Gehrock »Herr Direktor«

das Café zu einem Spaziergang verlassen will, zieht sich der Türsteher des Cafés respektvoll den Gehrock an und steigt so mittels des Gehrocks um mehrere soziale Kategorien auf. Er ist jetzt seinerseits ein *Herr Direktor*, und da sich hier die Titel auf die gesamte Familie ausdehnen, sind auch seine Frau und seine Tochter für einige Stunden *Frau Direktor* und *Fräulein Direktor*. Es scheint, als ob auch sie sich den erlauchten direktorischen Gehrock angezogen hätten. Ehrwürdiger und erhabener Gehrock! Die Direktoren gehen durch ihn hindurch, er aber bleibt. Einige von ihnen sind zu dick, wie der Professor, und können ihn nicht zuknöpfen; andere, wie der Türsteher, der ihn gestern angezogen hat, sind zu dünn für ihn und sie vermitteln den Eindruck, als ob sie im Gehrock wie in einem Meer aus Ruhm untergehen möchten. Aber hüten wir uns vor einem oberflächlichen Urteil. Dass ein Gehrock einem Menschen nicht steht, spricht nicht gegen den Gehrock, die Unvollkommenen und Schlechtgeschnittenen sind in diesem Fall die Menschen.

Hier in Deutschland schneidert man nicht Gehröcke für Menschen, sondern Menschen für Gehröcke.

— Wissen Sie, sagte mir gestern der Portier meines Stammlokals, hätte ich einen für einen Gehrock gemachten Körper, ich würde tatsächlich zu einem echten Direktor aufsteigen. Bedauernswerterweise bin ich zu dünn. Aber vielleicht werde ich in Zukunft noch zunehmen.

Es ist nämlich so, dass ein Gehrock sich nicht anpasst. Er verkörpert all die Steifheit des Amtes, das er darstellt. Man kann ihn beflecken und er kann ausbleichen, aber er wird sich weder jemals weiten, noch wird er jemals einlaufen. Man muss ihn sich erobern, man muss das nötige Volumen, um ihn mit einer gewissen Würde zu tragen, zunächst erst rechtmäßig erwerben. Den Titel *Herr Direktor* trägt in Wirklichkeit nicht irgendein Mensch, sondern der Gehrock. Wenn sich irgendein Portier den Gehrock anzieht, ist es so, als wenn er sich einen Titel anziehen würde. Die Stammkunden nennen nicht ihn, sondern den Gehrock Herr Direktor. Der Stammgast muss ab und zu mit dem Gehrock des Etablissements reden und der Direktor, unabhängig davon, ob er nun tatsächlich einer ist oder nicht[41], ist niemals mehr als der Körper des Gehrocks. Er leiht dem Gehrock seine Beine, damit der Gehrock von Tisch zu Tisch schreiten kann, seine Stimme, damit der Gehrock mit ihr die Gunst des Stammgasts erlangen kann, und sein überlegenes Lächeln, das genau so ist, wie das überlegene Lächeln eines jeden deutschen Gehrocks zu sein hat.

Ah, der Gehrock! Sie wissen nicht, welche wichtige Rolle der Gehrock in Deutschland spielt. Die Menschen tragen ihn mit Respekt, Andacht und Bescheidenheit! Manchmal scheint es, als ob sie sagen würden:

— Ich weiß schon, dass ich ein Trottel bin, aber respektieren Sie diesen Gehrock, dem ich angehöre! Was Sie mir zuliebe nicht tun wollen, tun Sie es bitte dem Gehrock zuliebe.

Die deutschen Ideen

Die alten Deutschen tranken immer noch einen Schoppen vor dem letzten[42]

So machten es die alten Germanen, und die modernen machen es ebenso: Sie saufen wie die Löcher.[43] Sie schlingen Schweine, Spanferkel, Würstchen und fermentierten Kohl in sich hinein und saufen. Deutschland vermittelt mir insgesamt den Eindruck einer mühsamen Verdauung. Es scheint, dass hier alles schwer verdaulich ist: die Ideen nicht weniger als das Essen. Die deutschen Ideen sind wie Schweinefleisch. Seine Verdauung verdummt das Gehirn, und beide Verdauungen, die intellektuelle wie die des Essens, erklärt all die deutsche Schwere und Langsamkeit.

Julio Huret schreibt, dass die Jugend Deutschlands ihre überschüssigen Kräfte dem Essen und Trinken widmet, während die französische Jugend sie in frühreifer körperlicher Liebe vergeudet. Dies scheint mir genau zutreffend und lässt

---

41 Im Spanischen ein unübersetzbares Wortspiel: *un director efectivo ó accidental* heißt einerseits *ein tatsächlicher oder zufälliger Direktor* oder *ein zufälliger und amtierender Direktor*.

42 Im Original deutsch.

43 Beber como un tedesco – wörtlich: »Trinken wie ein Deutscher«.

mich an Spanien denken, da es dort weder körperliche Liebe wie in Frankreich, noch Essen und Trinken wie in Deutschland, noch Sport wie in England gibt. Es gibt nichts hier; so ist die spanische Jugend dazu verpflichtet, sich ständig Faustschläge zu verpassen und sich mit Pistolenkugeln zu beschießen.

Das Verbrechen ist das einzige Sicherheitsventil für unseren Energieüberschuss. Und dennoch gibt es einige Richter, die es bestrafen!

Wenigstens führt man jetzt einige deutsche Ideen in Spanien ein. Während die spanische Jugend ihre Kräfte dafür einsetzt, diese zu verdauen, wird sie weder Pistolenkugel nabfeuern noch sich gegenseitig verprügeln. Aus Mangel an körperlicher Liebe und reichlicher Nahrung werden uns die deutschen Ideen sehr nützlich sein.

Das städtische Essen

Das Rathausrestaurant ist das Restaurant des Münchner Rathauses. In diesem Rathaus essen nicht nur die Stadträte Fleisch, wie in den Rathäusern in Spanien, sondern alle Welt kann dort Fleisch essen. Ich bin kürzlich dorthingegangen, um das städtische Essen zu kosten. Beeinflusst von einer Reihe spanischer Vorurteile glaubte ich, dass man mir Ziegelsteine *à la jardiniere vol-au-vents*[44] aus armiertem Beton, asphaltierte Wachteln und Steuerzahlerfleisch servieren würde. Weit gefehlt. Im Münchner Rathaus hat man nicht so großen Appetit wie in spanischen Rathäusern. Man isst schlecht, aber redlich. Das Sauerkraut schmeckt so wie in allen anderen Restaurants, und es schmeckt ganz und gar unpolitisch. Man kann im Münchner Rathaus ein Beefsteak bestellen, ohne Angst haben zu müssen, dass es Mitbürgerbeefsteak ist. Was ich nicht versichern kann, ist, dass es aus Ochsenfleisch gemacht ist.

Das allgemeine Publikum, etwas pöbelig, ist »städtisch und schwerfällig«, die Kellnerinnen dagegen sind sehr ange-

---

44   Blätterteigpasteten Gärtnerinnenart

nehm. Mich hat ein Fräulein Dora bedient, sie war wirklich sehr schön. Ich bin geneigt zu sagen, ihr Blick war *kommunal*[45]; aber auf Deutsch fiel mir nicht das passende Wort ein.

— Diese Dora, sagte ein Freund, scheint ganz und gar nicht städtisch zu sein.

— Jemand, der städtisch aussieht, ist der da, rief ein anderer aus und zeigte auf eine Art Schutzmann, den man in einiger Entfernung sah.

Pro Kopf zahlten wir ungefähr vier Mark für das Essen, das Trinkgeld, das man überall, insbesondere in den Rathäusern, geben muss, inklusive. Teuer war es nicht. Zwar gaben sie uns weder eine Straße noch ein öffentliches Gebäude zu essen; aber genauso wenig lässt sich behaupten, wir hätten schlecht gegessen.

— Was mich anbelangt, sagte mir später jemand, mir gefallen diese Rathäuser mit Kellnerinnen.

Jedenfalls verurteilen die Rathäuser mit Kellnerinnen nicht das Publikum. Sie sind amoralisch, aber sie sind die am wenigsten niederträchtige Art der städtischen Amoral.

Die Münchner Seen

München ist von Seen umgeben: der Starnberger See, der Tegernsee, der Königssee.

— Gibt es in Madrid keinen See?, fragte man hier einen Spanier.

— Ich glaube wohl, dass wir einen haben, den *Retirosee*.[46]

Der Tegernsee ist reizend. Er ist ein kleiner, von hohen Bergen umgebener See und liegt auf ungefähr 600 Metern über dem Meeresspiegel. In den kleinen Dörfern an seinen Ufern kann man im Sommer ein echtes Landleben führen. Vornehme junge Damen aus München verbringen hier als mit pittoresken Röcken und hübschen Schürzen gekleidete Dorfbewohnerinnen den Tag, es kommen dicke Waden und

---

45 Wortspiel: *edílico* = kommunal/*idílico* = idyllisch.
46 See im Stadtpark *Parque del Retiro*.

gesunde Gesichtsfarben zum Vorschein. Und wenn sie sich auf ambitionierte Art à la *Eça de Queiroz* mit Schweinebraten, Sauerkraut und frischen Fischen vollstopfen, geschieht dies auf eine völlig unschuldige Art und Weise, als ob Demokratie und Kritik noch nicht erfunden worden wären. Ihre Väter, die Gehrock und Zylinder in München gelassen haben, tragen Lederhosen, die den halben Oberschenkel bedecken, und lassen ihre haarigen Beine aufleuchten, es sind bequeme und einfache Väter, die wie Landarbeiter wirken. Am Tegernsee gibt es keine anämischen Fräuleins, keine halben Hemden, keine affektierten Mamas und keine jämmerlichen Papas. Es ist auch nicht so wie in einem dieser englischen Sommerbadeorte, wo die Natur wie gewaschen und gekämmt aussieht. Die Leute grüßen sich, wenn sie einander auf der Straße begegnen. Ich verbrachte einen Tag dort und alle Welt sagte zu mir:

— Grüß Gott!

— Grüß Gott, wiederholte ich.

— Sind Sie gerade erst angekommen?

— Ja.

Sogleich beginnt man ein Gespräch und knüpft eine Freundschaft an. Der bayrische Charakter ist unkompliziert, offen, gutmütig und patriarchalisch. Die Fräulein tragen nicht nur Dorfbewohnerkleidung, ihr Geist ist ebenfalls dorfbewohnerisch. Wenn man ihnen an die Wäsche will und sie dagegen protestieren, schreiten die Mütter versöhnlich ein:

— Aber meine Töchter! Das ist doch nur ein Spaß!

Und diese so netten Mamas wollen einen nicht gleich verheiraten wie die spanischen Mamas. Sie wollen, dass sich ihre Töchter so vergnügen, wie sie sich vergnügt haben, und dass sie später im Alter nicht bereuen müssen, ihre Zeit verschwendet zu haben. Ihre Moral ist eine bewundernswerte Moral, eine von gesunden und wohlgenährten Leuten, die in Kontakt mit einer reichhaltigen Natur stehen und auch ein bisschen Geld haben.

Stipendiaten im Ausland

Auskunft und Information

— Die *Junta de Pensiones*, sagte mir ein Freund, schickt uns ohne jegliche Vorbereitung ins Ausland und später verschwenden wir hier kostbare Zeit.

Das ist sicherlich richtig. Es gibt Stipendiaten, die, um tanzen zu lernen, in Deutschland auf Tanzakademien gehen müssen. Warum bringt man ihnen das Tanzen nicht in Spanien bei? Was würde in Spanien den Haushalt der *Junta* das läppische Gehalt von ein paar Tanzlehrern schon kosten? Die Stipendiaten würden zum Beispiel in München ankommen und vom Bahnhof würden sie direkt ins Tanzlokal *Wagner* gehen. (Sprechen Sie Wagner genau so aus, wie es geschrieben wird, das g wie ein g und das w wie ein w, und machen Sie nicht dasselbe wie Doktor Pulido[47], der in München, wo alle »Wagner« sagen, vor kurzem in einer Rede *Uañer* sagte.) Im *Wagner* können die Stipendiaten, wenn sie mit den Näherinnen und Kellnerinnen tanzen, sehr rasch Deutsch lernen, und, im Besitz der Sprache, können sie dann etwas studieren.

Eine andere Sache, die die *Junta de Pensiones* machen könnte, ist, ihren Begünstigten in Deutschland Gehröcke zur Verfügung zu stellen. Es gab hier einen spanischen Professor, der sagte:

— Das Leben in Deutschland ist unglaublich teuer. In der *Junta* hat man keine Vorstellung davon, was man hier für Ausgaben hat. Natürlich kosten das Essen und die Wohnung wenig; aber da ich ein Gesellschaftsmensch bin, muss ich mir praktisch jeden Tag einen Gehrock ausleihen.

— Und was? Steht Ihnen der Gehrock?

— Manchmal schon, ja.

Die Mehrheit der Stipendiaten kommt völlig orientierungslos im Ausland an, ohne zu wissen, wo man studieren muss, ohne die geringste Ahnung von irgend etwas. Warum macht man ihnen keinen Plan in Madrid? Warum sagt man

---

47 *pulido* = poliert, gefeilt

ihnen zum Beispiel nicht, dass man besser nichts mit Aushilfskellnerinnen anfängt, die wie wahnsinnig arbeiten müssen und die nur fünf Stunden pro Tag schlafen und die, sobald sie sich auf eine Bank setzen oder sich ins Gras legen, sofort wie ein Stein schlafen. Und der Stipendiat, der sich anschickte, ein Sofaspektakel zu veranstalten oder etwas Bukolischeres im Sinne hat, kann ihr lediglich beim Schnarchen zuhören und findet sich in einer zutiefst lächerlichen Situation wieder.

Die *Junta de Pensiones* muss ein Informationsbüro eröffnen, in dem man sich schon vor dem Auslandsaufenthalt Auskünfte einholen kann. Derjenige, der nach London oder Paris reist, muss sich bei der Ankunft schon zu helfen wissen und darf nicht erst eine Zeitungsannonce schalten, auf die ihm dann zwölf absurde alte Frauen antworten.

Das Gebirge und die Stadt

Ich habe das Gebirge oft verleumdet, so wie ich auch viele andere Dinge verleumdet habe. Aber was soll der arme Journalist machen, der dazu verpflichtet ist, ein wenig Vergnügen in das Leben seiner Leser zu bringen, wenn er nicht etwas oder jemanden verleumden kann? Man mag noch so sehr das Gegenteil behaupten, die Wirklichkeit bietet uns sehr wenige Schufte, sehr wenige Banditen, sehr wenige originelle und pittoreske Persönlichkeiten an, die von der gewöhnlichen Moral und der bestehenden Ordnung abweichen. Man muss sie also erfinden oder übertreiben, und darin besteht die Verleumdung.

Ich habe das Gebirge verleumdet und behauptet, die gesündeste, stärkendste und appetitanregendste Luft gebe es nicht dort oben, sondern in den literarischen Zirkeln in den Cafés von Madrid. Das »appetitanregend« behalte ich weiterhin bei. Lachen Sie getrost über Wermut und Chinarindenbaum, *Amer Picón Biére,* den Mont Blanc und die Jungfrau! Um den Appetit anzuregen gibt es nichts Besseres als einen spanischen literarischen Zirkel. Allen steht das Begehren, Beefsteak mit Kartoffeln zu essen, ins Gesicht geschrieben.

Sobald jemand zu einem dieser Treffen hinzustößt, entwickelt er unvermittelt einen wilden Hunger.

Aber ansonsten ist alles, was ich über das Gebirge gesagt habe, falsch. Ich bereue dies, weil ich mich überzeugt habe, dass man seinen Spott nicht gegen das Gebirge, sondern gegen die Stadt richten sollte. Vor allem in Spanien, wo wir einige erhabene Gebirge und so manche lächerliche Stadt haben, wäre es idiotisch, sich über das Gebirge lustig zu machen.

Hier am Fuß der bayrischen Alpen, die sich 3000 Meter über die Politik und die Literatur erheben, fühlt man sich gesünder und edelmütiger als im Flachland. Man gedenkt der Freunde, die in der Stadt zurückgeblieben sind, mit mitleidiger Verachtung. So wie Herr Lerroux[48] zum Beispiel, der auch wie das Gebirge verleumdet wurde, seiner Kindheitsfreunde gedenken muss, arme Leute, die im Heimatdorf zurückblieben, während er so weit aufgestiegen ist.

In Wirklichkeit haben die Berge nicht nur materielle Höhe, sondern auch moralische. Und ein Bergbewohner, der in direktem Kontakt mit der Natur lebt, ist zweifellos all den Anwälten, Journalisten, Kellnern, den Kneipenwirten, Kulturvereinsmitgliedern und anderen Leuten aus der Stadt bei Weitem überlegen.

Das Oktoberfest

Das *Oktoberfest* hat begonnen (was laut Herrn Murúa »Fest des Oktobers« bedeutet). In neun Monaten wird die Bevölkerung in München sprunghaft ansteigen.

Man feiert auf der Theresienwiese, einer großen Wiese, wo es Karussells zu sehen gibt, Kinematografen, Rutschbahnen und Geisterhäuser, Hellseherinnen, menschliche Kanonenkugeln, siamesische Zwillinge, zweiköpfige Frauen, Aquarien, Achterbahnen, exotische Tiere, Tänze, Labyrinthe, Schießbuden, Dosenwerfen und noch andere Dinge, die man nie zuvor gesehen hat. Die Bierbrauereien bauen auf der Theresi-

---

48   Zentristischer spanischer Politiker.

enwiese riesige Zelte auf. Diese Zelte stehen nur 15 Tage lang, jedes einzelne von ihnen kostet zwischen 50 000 und 60 000 Mark, und dazu eine tägliche Platzmiete von durchschnittlich 500 Mark.

Hacker-Pschorr, Hofbräu, Augustinerbräu, Spatenbräu, Burgbräu, Wagnerbräu, Löwenbräu, alle haben ihre Zelte dort. Der Leser möge sich vorstellen, was man in diesen Zelten essen und trinken muss, damit die Zeltbesitzer die anfallenden Kosten bezahlen können. Mit dem, was man in München während des Oktoberfests isst, könnte man halb Spanien entpauperisieren. Es gibt sehr saubere Stände, in denen man Hähnchen und Würstchen grillt. In einem grillen sie ganze Ochsen. Die Münchner pflegen ihr Essen an diesen Ständen zu kaufen und es anschließend mit Litern von Bier zu begießen. Die Tische der Brauereien sind riesig, pantagruelisch[49] und demokratisch. Um sie herum sitzen ausschließlich Freunde. Einer bittet seinen Nachbarn um ein bayrisches Messer, um sein Hähnchen zu zerlegen; ein anderer, der sein Hähnchen mit den bloßen Fingern gegessen hat, nimmt von dem Mädchen neben ihm ein Taschentuch, um sie sich abzuwischen. Die Kellnerinnen bitten einen um ein Stückchen Wurst und einen Schluck Bier, den sie aus demselben Maßkrug trinken wie die Kunden, und der Kunde streichelt das üppige Fleisch der Kellnerin mit seiner fettigen Hand. Später dann beim Karussellfahren reiten sie auf ein paar Holzschweinen, ihre Gesichter nehmen eine rosige Farbe an und, die Lippen noch fettig von den Würstchen, sie lassen sich küssen und umarmen.

Ich kann mir schon denken, dass Ihnen diese Beschreibung mangels Magen einen gewissen Widerwillen hervorrufen wird; um so schlimmer für Sie. Den Bayern mangelt es nicht an Magen, es sind weder zartbesaitete noch zimperliche Leute. Das Oktoberfest ist vor allem ein Fest der Demokratie: Die Dienstmädchen, gekleidet wie Damen mit frechen Blusen und riesigen Hüten, fragen ihren Chef:
— Sehe ich heute nicht wirklich elegant aus?

---

49   Anspielung auf Rabelais Roman *Gargantua und Pantagruel*.

Und ihr Chef gerät in Verzückung, wenn er diese *maritornes*[50] betrachtet. Später auf dem Fest ist es für die *maritornes* das Normalste von der Welt, mit der Ehefrau ihres Chefs am selben Tisch zu sitzen, auch wenn sie eleganter sein sollte als diese. Aber die Ehefrau fühlt sich nicht herabgewürdigt, noch ist das Dienstmädchen irgendwie befangen. Die Männer reichen ihre Freundinnen untereinander herum; dann kommt ein Offizier und schnappt sie ihnen weg. Aber was solls! Es dauert nicht lange und irgendein Ladenverkäufer kommt und schnappt sie dem Offizier weg. Und das Bier fließt in Strömen und die Holzschweine galoppieren beladen mit jungen Paaren zum Klang von Wiener Walzern im Kreis, und Tabletts voller Hähnchen, Schweinefleisch, Würstchen und Kohl fliegen durch die Luft, und das Fett zerschmilzt und ein Bär mit ein paar Federbüschen auf dem Kopf tanzt einen bayrischen Tanz.

Während dieser Tage füllen sich die Leihhäuser mit Anzügen, Juwelen, Matratzen und Schlafanzügen. Und das Oktoberfest ist nur eines der vielen Feste Münchens. Im Winter, am Ende eines ich weiß nicht welchen Fests, wird der Brunnen des Marienplatzes, der während dieser Zeit nicht in Betrieb ist, angeschaltet, damit die Münchner in seinem Wasserstrahl ihre erschöpften Portemonnaies waschen können.

Himmelfahrt

La Ascención del Señor heißt auf Deutsch *Himmelfahrt*. *Himmel* heißt *cielo* und *Fahrt* bedeutet so viel wie Ausflug, Reise, Fahrt. *Himmelfahrt* bedeutet also »Ausflug in den Himmel«, »Reise oder Fahrt in die himmlischen Regionen«.

Aber dem Verb *fahren*, von dem sich das Substantiv *Fahrt* ableitet, fehlt es im Spanischen an einem Äquivalent. *Fahren* bedeutet, sich von A nach B fortzubewegen, aber in einem Auto oder Zug, in einer Straßenbahn, in einem Flugzeug, in

---

50 Ein hässliches und maskulin wirkendes Dienstmädchen (von Maritornes, einer Figur aus dem *Don Quijote*).

einem Luftschiff, mit einem Schiff, auf einem Handkarren, mit gleichwelcher Sache, die letzen Endes ein Transportmittel ist. Die andere Bedeutung von *fahren* ist *gehen*. Oft, wenn man einen Deutschen fragt, ob er ins Café *gehe*, hört man ihn Nein sagen, und man denkt, er bleibe daheim, bis der Deutsche hinzufügt, er werde ins Café *fahren*, was bedeutet, er werde sich mit einem Fortbewegungsmittel ins Café bewegen.

Der Unterschied zwischen dem Verb *fahren* und dem Verb *ir* zeigt sich auf eine unmissverständliche Weise in dieser Frage: — Gehen oder fahren wir? (Vámonos ó fahramos?[51])

Nun gut. Auf Deutsch hätte man *Ascención del Señor* nicht Himmel*gang* nennen können, weil Jesus Christus nicht zu Fuß in den Himmel gegangen ist. Man hätte auch nicht Flug sagen können. In unserer Sprache kann man mit oder ohne Flügel fliegen; im Deutschen, einer vollkommen logischen Sprache, leitet sich das Verb *fliegen* vom Substantiv *Flügel* ab, und Jesus Christus hatte keine Flügel. Wie soll man sie also nennen, *la Ascención del Señor*? Das Wort *ascender* lässt sich im Deutschen nicht von jenen mechanischen Apparaten trennen, die dazu dienen, Menschen in die Höhe fahren zu lassen, *ascensores* heißen hier Fahrstühle.

So erklärt sich, wie der Begriff *Himmelfahrt* entstanden ist. Jesus konnte weder zu Fuß in den Himmel gehen, noch konnte er schwimmen, noch konnte er mit den Flügeln in der Luft schlagen. Deswegen musste er *fahren*. Es ist die Logik des Deutschen, eine sehr genaue Sprache für alle Männer der Wissenschaften. Aber in ihr lässt sich einfach kein Wunder ausdrücken.

Und das Wort *Himmelfahrt* klingt offen gesagt ketzerisch, weil man es nicht hören kann, ohne sich dabei vorzustellen, wie Christus in einer Schlange vor einem Kassenhäuschen steht und um eine Fahrkarte dritter Klasse in den Himmel bittet.

---

51   So auch im Original.

Der deutsche Fuß verwandelt sich

Es beginnt in Deutschland nun, was man die Kultur des Fußes nennen könnte. Bis vor wenigen Jahren haben die Deutschen ihre Füße als bloße Stützsockel betrachtet. Sie waren darum besorgt, große, solide und schwere Füße zu haben. Dass diese weder elegant noch schön waren, war ihnen gleichgültig. Ein Deutscher auf seinen zwei Füßen hatte die Wirkung von etwas Übernatürlichem und Unbeweglichem. Eines Nachts stieg ich in Begleitung eines Freunds in den dritten Stock eines Hotels in Paris hinauf, wo wir beide wohnten, und er sagte, dass dort ein Deutscher wohne.

— Kennen Sie ihn?, fragte ich ihn.

— Ich kenne ihn nicht. Sie wissen schon, dass dieses Hotelzimmer heute Nachmittag leer war. Aber es reicht, die Stiefel zu sehen, die vor der Tür stehen. Ich wette fünf Francs, dass sie einem Deutschen gehören.

Ich nahm die Wette an und verlor fünf Francs. Seinen Besitzer dürften die Stiefel nicht viel mehr gekostet haben.

Als die Deutschen diese riesigen und groben Stiefel trugen, waren gerade sehr enge Hosen in Mode, die an Waden und Knöcheln so eng anlagen, als ob es Strümpfe wären. Wie die Deutschen es anstellten, ihre Beine in solche Hosen zu stecken, ist eine Frage, die schon äußerst viele Ausländer beschäftigt hat. Eine Antwort hat bislang keiner gefunden.

Heine wollte in seinen guten Tagen eine ganze Abhandlung über die Füße der Damen Göttingens schreiben. »Deshalb«, so schreibt er in den *Reisebildern,* »habe ich ein Jahr lang einen Kurs in vergleichender Anatomie gemacht; ich habe die seltensten Bücher der Bibliothek verglichen und Exzerpte von ihnen gemacht, und ich habe Stunde um Stunde die Füße der Frauen studiert, die die Weendstraße entlanggingen.« »In der grundgelehrten Abhandlung, die das Ergebnis dieser Studien beinhalten wird«, fügt er hinzu, »schreibe ich: Erstens über Füße im Allgemeinen; zweitens über die Füße im Altertum; drittens über die Füße der Elefanten; viertens über die Füße der Damen Göttingens, fünftens werde ich rekapitulieren, was alles über die Füße in der Wirtschaft von

Ubrie gesagt worden ist, sechstens werde ich diese Füße in all ihren Beziehungen betrachten und ich werde mich außerdem über die Wade und den Fußknöchel ausbreiten, und ich werde schließlich, siebtens, wenn ich ein Papier finde, dessen Format groß genug ist, meinem Opuskulum einige Lithografien von Faksimiles der elegantesten Göttingerinnenfüße beifügen.«[52]

Der deutsche Fuß hat wie der spanische fünf Zehen, aber gewöhnlich ist er mit Schwielen und Hahnaugen, die hier Hühneraugen heißen, dekoriert. Von diesen Zehen bis zur Ferse ist die riesige Fläche der Fußsohle völlig flach. Die deutsche Fußsohle weist nicht die geringste Wölbung auf. Bewundernswerte Stützsockel, exzellente Instrumente, um das Ausland zu betreten! Die Fußabdrücke eines deutschen Bataillons auf einer Straße lassen diese vollkommen platt- und festgestampft zurück.

Und wie gut stehen die Deutschen auf ihren Füßen. Diese langsamen und gesetzten Leute, die nicht herumspringen und keine Kapriolen machen, die niemals ausgetretene Pfade verlassen wollen und die ihren Fuß auf die Erde setzen, der sich dann plötzlich mit einer Wucht erhebt, so als ob er sich nun dazu anschickte, sich für alle Ewigkeiten auf der Erde niederlassen; diese Leute, wie sie sich mit diesen breiten, riesigen, platten und endgültigen Füßen ergänzen!

Aber jetzt beginnt in Deutschland eine neue Fußkultur. Jeden Tag gibt es mehr Pediküren in Berlin. Die Deutschen beginnen schon, sich erlesene und schmucke Stiefel zu kaufen. Zunächst fand eine Invasion des Yankee-Schuhs in Berlin statt und die Berliner begannen, ihre quadratischen Füße in jene anatomisch konstruierten Stiefel zu stecken, die von Rodin geformt zu sein scheinen; halbmondförmige Stiefel die einen, andere mit einer enormen Erhebung an der Schuhspitze, und alle sind sie verdreht, konvulsiv, beinahe epileptisch. Der Yankee-Schuh war sicherlich eine Marter, aber doch ausgesprochen modisch. Gerade beginnt die französische Schuhmode beliebt zu werden, die ausgewogener und harmonischer ist als

---

52   Camba zitiert Heine (*Harzreise*, Erster Teil) mehr als frei.

die Yankeemode, und ein großes französisches Schuhgeschäft hat gerade einen Ableger in Berlin eröffnet.

Wann wird der spanische Schuh an die Reihe kommen? Malerei und Schuhmacherei: zwei Dinge, mit denen wir Spanier angeben können, zwei Künste, in denen uns keiner schlägt. Wie kommt es nur, dass die besten Schuhmacher der Welt, die spanischen, keine Schuhe nach Berlin schicken?

Der Stehkragen

In Paris hat sich eine *Liga gegen den Stehkragen* gebildet. Ah, Frankreich, Wiege aller Freiheiten, gesegnet seist du. Der Stehkragen ist eine der größten Tyranneien des modernen Zeitalters. Er klemmt die Blutgefäße ab, erschwert die freie Zirkulation des Bluts, ruft Furunkel hervor und nimmt dem menschlichen Körper jegliche natürliche Anmut. Er wirkt ganz wie eine chinesische Foltermethode. Halb erwürgt vom Stehkragen wie von einem unsichtbaren Despoten, wie können wir es wagen, von Freiheit zu sprechen? Welcher Mensch kann sich absolut frei wähnen, ehe er sich nicht nachts, in der Einsamkeit seines Zimmers, den Stehkragen löst und ihn gewaltsam in den Wäschekorb wirft? Von allen Befreiungen, die sich erleben lassen, ist keine so intensiv, wie sich den wäschegestärkten Kragen, der einen garottiert, abzunehmen.

Nieder mit dem Stehkragen! Nieder mit der Wäschestärke! Anatole France, der Ehrenpräsident der *Liga gegen den Stehkragen* wurde, beschreibt die Zukunft der Gesellschaft als eine wunderbare Welt, in der niemand mehr Kleidung mit Wäschestärke behandelt. Im Jahr 2700 werden Anatole France zufolge nur noch ein paar wilde Schwarze auf dem Gebrauch des Stehkragens beharren. Den Stehkragen wird man dann als Überbleibsel eines barbarischen Zeitalters betrachten.

Aber die Deutschen. Ich habe schon an verschiedenen Stellen über die Liebe der Deutschen zur Wäschestärke gesprochen. Das gestärkte Hemd mit dem beinahe eisernen Stehkragen ist geradezu ein Sinnbild der deutschen Zivilisation, die ganz aus Ordnung und Disziplin zu bestehen scheint.

Wenn man neu in Deutschland ist und die ersten Hemden aus der Wäscherei abholt, fühlt man auf einen Schlag die ganze Starrheit, Unnachgiebigkeit und Härte dieser Zivilisation. Die weichen Hemdbrüste und Ärmel, die früher eine völlige Bewegungsfreiheit erlaubten, haben hier plötzlich eine unzerbrechliche Härte erlangt. Man zieht sich ein Hemd an, wie man sich an einen Pranger stellt. Nach und nach wird man seine persönlichen Einstellungen verlieren, seine Gewandtheit, seinen Charakter. Es beginnt nun ein furchtbarer Kampf zwischen dem Ausländer und dem Hemd. Das Hemd, dermaßen kräftig und machtvoll, das unbeugsame Hemd, ist Deutschland, und die Wäschestärke ist sein Geist.

Der Stehkragen wird aus Frankreich verschwinden, aus Spanien, aus Italien; aber die Deutschen werden ihn weiterhin anlegen.

Die deutsche Kahlköpfigkeit

75 Prozent aller dreißigjährigen Deutschen sind kahlköpfig, besagt eine Statistik. Vielen kommt es so vor, als ob sie schon kahlköpfig und mit Brille geboren werden. In anderen Fällen lebt das Haar *ce que vivent les roses*[53] …

Es gibt glatte, saubere und wie polierte Helme glänzende Kahlköpfe; manche behaupten, die Besitzer würden ihre Köpfe nachts im Hausflur neben den Stiefeln liegen lassen, damit die Dienerschaft sie frühmorgens bohnert. Andere Kahlköpfe sind schroff und gebirgig, voller Anhöhen und Felsspalten. Andere sind empfindliche Kahlköpfe, die vor Scham rot werden. Durch manche deutsche Kahlköpfe sieht man den Verstand in Aufruhr; man sieht gewissermaßen das Griechisch, das Latein, die Geschichte und die Philosophie.

Das Schlimmste ist, dass es keine Behandlungsmöglichkeit, keine Lotion und keine Massage gibt, mit denen man auf diesen riesigen Schädeln das Haar wieder wachsen lassen könnte. Warum bepinselt man sie nicht mit Tempera- oder

---

53 Das Haar lebt so lange wie Rosen leben, also nicht sonderlich lange.

Freskomalereien, gemäß den neuesten Dekorationsmoden? Man könnte sie ebenso als Landkarte verwenden: Die Auswüchse auf den Schädeln stellen die Gebirge dar und die Venen die Flüsse. Im Kriegsfall könnten einige Personen ihre Köpfe an Stammtische in Cafés vermieten, damit man an ihre Schädel kleine Fähnchen steckt, um mit der Planung der nächsten militärischen Operation fortfahren zu können.

Es gibt kein anderes Land, das mehr kahle Schädeloberfläche anzubieten hat als Deutschland. Diese Oberfläche muss sich auf etliche Hektar belaufen. Leider sind alle Versuche, sie fruchtbar zu machen, bisher erfolglos geblieben. Ein deutscher Kopf ist wie die *mancha:* karg, trocken, düster und trostlos.

Natürlich ist das eine vollkommen äußerliche Sicht. Bei anderer Gelegenheit werden wir über das Innere deutscher Köpfe sprechen.

Der Kapellmeister

Der Kapellmeister[54] ist der König des Cafés. Die Frauen schauen, lächeln ihn an und sie applaudieren ihm … Manchmal bitten sie einen Kapellmeister an den Tisch und geben ihm zehn Mark, damit er *Püppchen* oder sonst irgendetwas spiele.

Man glaubt, eine Eroberung gemacht zu haben, wenn man es geschafft hat, sich mit einer Frau in einem Café zu verabreden, es stellt sich dann aber heraus, dass diese Frau in den Kapellmeister verliebt ist. Was kann man anderes tun, als das Feld zu räumen? Der Kapellmeister hat dunklere Haut, mehr Haare und darüber hinaus auch noch Koteletten. Die objektive Wissenschaft hat bislang noch keine Antwort auf die Frage finden können, weshalb Kapellmeister Koteletten haben. Es muss sich um ein ausschließlich dekoratives Element handeln, da diese haarigen Auswüchse für das Dirigieren nicht zwingend erforderlich sind. Man findet aber keinen Kapellmeister ohne Koteletten, genauso wenig wie man einen Kapellmeister mit blonden oder braunen Haaren findet. Die Cafébesitzer las-

---

54 Im Original durchgehend deutsch.

sen ihre Kapellmeister aus Ungarn, Polen, aus dem Kaukasus kommen. Je dunkler der Teint und je schwarzglänzender das Haar, desto mehr zahlen sie ihnen. Ob sie gut oder schlecht dirigieren, ist nebensächlich. Für einen Kapellmeister besteht lediglich die Verpflichtung, die Zähne zu zeigen, seine Mähne in den Nacken zu werfen, sich auf die Lippen zu beißen und mit den Augen im Takt der Musik zu rollen.

> Es war in Schöneberg,
> Im Monat Mai ...[55]

... und der Kapellmeister fällt auf die Knie, springt wieder auf die Füße und fasst sich mit beiden Händen ans Herz ... Alle Frauen fühlen sich ein wenig von ihm geliebt.
— Was für ein Feuer! Was für eine Leidenschaft hat diese Musik, rufen sie aus. Gib dem Kapellmeister ein wenig Geld, damit er noch weiter spielt.
Die Kapellmeister haben über Berlin einen Hurrikan aus traurigen und fremdländischen Noten entfesselt: Überall hört man ungarische, türkische und armenische Musik. Die Musiker stampfen wie verrückt auf den Boden, während sie ihre Instrumente spielen, schlagen auf ihre Notenständer ein und stoßen gutturale Schreie aus. Das wirkt auf dieses blonde und methodische Volk etwas wild und brutal.
— Zugabe! Zugabe!
Am Ende einer dieser Melodien sieht man den Kapellmeister blass, verschwitzt, erschöpft und halbtot. Verschiedene Tische rufen ihn herbei und bieten ihm Eier, Bouillons und verschiedene Weine an. Der Kapellmeister erholt sich und spielt dann etwas weniger Feuriges, weniger Leidenschaftliches, etwas Zaghafteres und Sentimentaleres.

---

55 Im Original deutsch.

Eine Minimalgröße und eine Maximalgröße

Mr. Willard ist nicht das, was man einen hochgewachsenen Menschen nennt, auch wenn er so wirkt. Er ist von ganz normaler Statur, aber sobald er eine Bühne betritt, zieht er, ohne auch nur irgendetwas zu machen, die Blicke des Publikums auf sich. Man möchte meinen, er sei ein Schwiegersohn von Montero Ríos.[56] Die Leute glauben, es gebe hinter Mr. Willard eine geheime Kraft, irgendeine helfende und mächtige Hand, die ihn wachsen und ihn größer werden ließe. Trotz allem Anschein gibt es nichts dergleichen. Mr. Willard erhöht seine Körpergröße von selbst. Es wirkt so, als ob er der Lerroux der *varietés* wäre. Er wächst und wächst und schießt auf schnelle und unverhältnismäßige Weise in die Höhe, und gäbe es da nicht den Gehrock, der ihm zu kurz ist, alle Welt würde ihn für einen außergewöhnlichen Menschen halten.

Man kann nicht anders als den Willen Mr. Willards, so wie den von Sr. Lerroux zu bewundern. Er nimmt sich vor zu wachsen, und er wächst, er will groß wirken, und er wirkt groß – und dies alles ist allein Werk und Gnade seines Willens. Mr. Willard gelingt es, seine Statur um 17 Zentimeter wachsen zu lassen. Einmal war er wegen einer Wette durchgegend acht Stunden lang groß.

Was für eine bewundernswerte Eigenschaft von Mr. Willard! Die Dichter sollten so sein wie er. So könnten sie in die von ihren Freunden geliehenen Kleidungsstücke hineinwachsen und würden in Gesellschaft eine gute Figur machen. Ebenso wäre Mr. Willards Fähigkeit beim Reisen sehr nützlich. Jemand würde sich auf die jeweilige Größe seines Eisenbahnsitzes zurechtschrumpfen und sich sofort im geräumigen Speisewagen glauben.

Um durch Deutschland und die Vereinigten Staaten von Amerika zu reisen, würde man eine riesenhafte Statur annehmen, für eine Reise durch Frankreich, Spanien, Italien und die anderen südlichen Länder würde die eigene echte und normale Statur genügen.

---

56   Spanischer Politiker.

Wäre man wie Mr. Willard, hätte man eine Minimalgröße und eine Maximalgröße. Um persönliche Angelegenheiten zu klären, politische Reden zu halten, um sich für einen Regierungsposten oder für das Amt eines Staatssekretärs zu bewerben, würde man Maximalgröße annehmen. Im geeigneten Moment würde man sich dann auf diskrete Weise wieder verkleinern. Um journalistische Artikel über Literatur zu schreiben, würde eine Minimalgröße genügen. Aber um Artikel über Politik und Wirtschaft zu schreiben, müsste man sich von der Maximalgröße einen Gefallen tun lassen. In den Stunden des Erfolgs wäre man groß, in denen des Scheiterns klein. Hätte man Geld, würde man anwachsen, hätte man keines, würde man sich auf die kleinstmögliche Ausdrucksform beschränken. Und mit den Frauen wäre man eben, ganz so wie diese es wünschten, groß oder klein.

Würde es Ihnen nicht gefallen, die gleiche Fähigkeit wie Mr. Willard zu haben? Mit ein wenig Willenskraft werden Sie dazu in der Lage sein. Man kann alles mit ein wenig Willen erreichen. Doch leider ist es so: Willen zu haben kann man weder erlernen noch erwerben.

Studentenzimmer

Es hat sich eine Gesellschaft gegründet, die Zimmer an Studenten und an sonstige Personen mit wenig Geld vermietet. Fort mit der klassischen Beethovenbüste, die bislang von einem verwahrlosten Klavier oder Regal aus, in dem die zwanzigundsonstwieviele Bände von *Meyers Konversationslexikon* beerdigt lagen, in allen Studentenzimmern das Zepter geschwungen hat! Fort mit dem Farbdruck von »Psyche und Amor«! Fort mit dem ländlichen Idyll und der Alpenlandschaft! Und vor allem fort mit der Ahnengalerie der Hauswirtin!

Kein familiärer Geist mehr. Keines dieser Handtücher mehr, auf welche die jungfräulichen und von der Hausarbeit etwas kaputten Hände der Hauswirtin mit blauer, grüner und rosa Baumwolle Schildchen gestickt haben, auf denen steht:

»Fröhliches Aufstehen«, »Arbeite und spare«, »Stehe früher auf« etc., etc. Man könnte sagen, der Geist von La Rochefoucault in farbiger Baumwolle.

Auch nichts mehr von diesen Sofakissen, die, will man eine *siesta* auf der *chaiselounge* abhalten, einem mit dem folgenden Schildchen einen süßen Tadel erteilen: »Schlafmütze«. Oder die einem sogar Ratschläge erteilen: »Aber nur eine Viertelstunde« …

Die neue Gesellschaft hat sich vorgenommen, möblierte Zimmer für geringe Preise zu vermieten, die auf die neuen Dekorationsmoden abgestimmt sind. Der Student, der ein Zimmer für 60 oder 70 Mark mietet, muss anschließend weder die ästhischen Theorien seiner Hauswirtin, die sich in den Bildern an der Wand manifestieren, in Kauf nehmen, noch muss er unter den sittenstrengen Blicken des Familienoberhaupts leben, das ihn bis zum heutigen Tage, stets mit Gehrock bekleidet, von einer vergrößerten Fotografie von der Wand herunter anblickt.

Aber mit dem schlechten Geschmack endet auch die Gemütlichkeit, soll heißen das Vertrauen und das Familiäre. Für den Studenten war die Hauswirtin immer wie eine Erweiterung der eigenen Familie: Nach nur zwei Monaten Untermiete fühlte man sich mit der Familie der Vermieterin beinahe so vertraut wie mit der eigenen. Die Hauswirtinnen tadelten ihre Mieter für exzessives Über-die-Stränge-Schlagen und gaben konkrete Ermahnungen, wenn einer abmagerte – ohne auf die Idee zu kommen, dass die Abmagerung eine Folge ihrer Kochkünste sein könnte.

Aber man ertrug treu und zahm diese Tyrannei, weil sie etwas Mütterliches hatte. Man suchte sich gutherzige, fröhliche und etwas dicke Hauswirtinnen aus, die wenn man sie morgens sah, den Eindruck von Gesundheit und Optimismus erweckten. Im Laufe der Jahre blieb dem jungen Mann von all den Damen, die ihm ein Zimmer vermietet hatten, die Erinnerung wie an entfernte Verwandte, an Frauen, die auf verschwommene Weise seine Tanten oder Großmütter waren, zurück.

In den Zimmern der neuen Gesellschaft wird es womöglich viel guten Geschmack geben. Aber wo bleibt die familiäre Atmosphäre? Und die Gemütlichkeit?

Der *abgeschnittene Schnurrbart*[57]

Mehr als einmal hatte ich die Gelegenheit, mich mit dem modernen deutschen Schnurrbart zu beschäftigen. Dieser Schnurrbart, den man an seinen Enden abschneidet und von dem nur ein paar wenige Haare unter der Nase bleiben. Der Generalkommandant des Gardekorps hat gerade seinen Soldaten und Unteroffizieren den Gebrauch jenes Schnurrbarts verboten und innerhalb kurzer Zeit wird der abgeschnittene Schnurrbart, wie der fragliche Schnurrbart heißt, völlig aus dem deutschen Heer verschwunden sein. Er wird nurmehr eine merkwürdige Fußnote sein, die Chronisten beschäftigen wird, ein Thema für Doktorarbeiten, das wir nicht weiter ausführen können.

In Wahrheit war der abgeschnittene Schnurrbart für Krieger nicht wirklich gut geeignet. Im Kriegsfall könnte man nicht sehr darauf vertrauen, dass er den Gegner in Schrecken versetzen würde. Er flößte eher Vertrauen als Entsetzen ein, eher Sympathie als Angst. Im strengen Gesicht des deutschen Soldaten, wenn dieser Soldat sich der befehlshabenden Stimme anpasste und wilde Blicke auf einen imaginären Feind warf, markierte der abgeschnittene Schnurrbart ein Element von Unterhaltsamkeit, auf dem man mit Vergnügen seine Blicke ruhen ließ. Er war so etwas wie eine Oase für unsere Blicke. Man konnte daran erkennen, dass der preußische Krieger trotz seiner groben und plumpen Gesichtszüge nicht vollständig aus Grausamkeit bestand, man sah, dass er eine schlichte Seele und ein paar fixe ästhetische Ideen hatte. Der abgeschnittene Schnurrbart hatte den Effekt der sogenannten Fliege[58], jener Haarapendix, den sich einige Franzosen

---

57   Im Original Deutsch. Camba meint den Zweifinger- oder Hitlerbart.
58   Hier spricht Camba nicht von der deutschen Fliege, sondern vom französischen Unterlippenbart.

an der Unterlippe stehen lassen, nur dass er sich in diesem Fall auf die Höhe und Würde der Oberlippe erhob. Er war eine Fliege unter der Nase. Bei den jungen Damen war er ungemein beliebt. Manche nannten ihn spöttisch Zahnbürste, aber die Mehrheit befand ihn als edel und vornehm und sie gewannen ihn mehr als lieb. Er hatte nicht die Arroganz des Schnurrbarts *a la borgoñona,* er verlangte nicht die kosmetische Pflege eines Kaiserbarts, er war nicht affektiert und hatte keine Schnurrbartspitzen, er war klein und bescheiden. In den weiblichen Herzen hatte der abgeschnittene Schnurrbart regelrechte Liebesverwüstungen angerichtet und trug so zur Annäherung zwischen der zivilen und der militärischen Macht Deutschlands mehr bei, als dies der Großteil aller Reden zu diesem Thema zustandebrachten.

Aber der General von Pettenberg, Generalkommandant des Gardekorps, will den abgeschnittenen Schnurrbart nicht und er hat ihn mit einem Federstrich, der einem Rasiermesser ähnelt, abgeschafft. Ein schwerer Schlag, der nicht aufhört, einige verliebte Herzen zu verletzen. Das ist bedauerlich, war aber absehbar.

Der *abgeschnittene Schnurrbart* war weder ein Schnurrbart, noch war er vollständig abgeschnitten und abrasiert. Er hatte einen gewissen unentschiedenen und transitorischen Charakter. Für den abgeschnittenen Schnurrbart gab es zwei Möglichkeiten: Sich verbreitern und Territorien im Nasenschatten erobern – oder sterben. Aber er hat das gelebt *ce qui vivent les roses …*

Der Berliner Kolossalismus

Der Leser kennt bereits die Liebe der Berliner zum Kolossalismus: Ein Berliner Café sieht aus wie eine Festung, ein Restaurant ähnelt einer Kathedrale, ein Theater einer Kaserne. Riesige Säle, gigantische Treppen, monumentale Türen. Warum?, fragt sich die Welt.

Ich habe auf dem Grund des Berliner Kolossalismus eine menschliche Ursache und ein nur allzumenschliches Motiv entdeckt. Der Berliner liebt große Lokale aus Geselligkeit und Demokratiegründen, und weil er einem Volkskult frönt. Wenn eine Berliner Familie ins Café geht, tut sie dies, um sich mit dem Volk zu vermischen, um zu sehen und gesehen zu werden, um eine Welle im riesigen Meer der Menge zu sein, um sich gleichzeitig mit Demokratie und mit Kaffee und Kuchen mit Schlagsahne zu imprägnieren und anzureichern.

Kaffee und Kuchen mit Schlagsahne werden von der Familie höher geschätzt, wenn man sie gemeinsam einnimmt, anstatt isoliert im hauseigenen Speisezimmer oder in einem kleinen Lokal mit wenig Publikumskapazität. Es müssen viele, sehr viele Leute da sein, es muss eine Kapelle mit zahlreichen Musikern aufspielen, wenn möglich eine Militärkapelle. Lüster müssen vor Licht überborden, das Café muss ein volkstümlicher und demokratischer Tempel sein, und zudem müssen in diesem mit goldglänzenden Statuen bevölkerten Tempel die Preise äußerst günstig sein. Könnte man etwas Menschlicheres verlangen?

Das Orchester tönt von überallher, es spielt etwas aus dem Zirkus. Man würde sich nicht wundern, wenn von einem Moment auf den anderen ein paar Amazonen auftauchen würden. Der Ausländer setzt sich an einen der großen, sehr großen Tische. Vielleicht ist er von einer ganzen Familie umgeben, die Damen stricken, die Mädchen sprechen über Mode oder sie schreiben Briefe … Der Ausländer bleibt an diesem Ort, getröstet von der familiären Wärme, transitorisches Mitglied eines Familienhaushalts, inmitten eines Cafés.

Es ist nur natürlich, dass der vornehme Berliner diese kolossalen Cafés nicht frequentiert. Der vornehme Berliner verachtet die Masse. Er hat aristokratische Gefühle und einiges an Geld zur Verfügung.

Gerade wurde ein Café dieses kolossalen Geschlechts, eines dieser riesigen Cafés im Herzen Charlottenburgs eröffnet. Charlottenburg ist das eleganteste Viertel Berlins und daher ist dieses Café immer wie ausgestorben. Trotz der Heizung fühlt man darin eine fürchterliche Kälte.

Dem Volkstempel mangelt es an treuen Gläubigen; das Demokratiedenkmal zieht keine Pilger an. Die Kellner irren, wie die Priester eines längst toten Kults, mit ihren Servietten und Schürzen traurig zwischen den Tischen hindurch.

Das Café Bauer

— Was möchten Sie lesen?
— Die *ABC*, bitte.
Und der Zeitungsmann bringt mir die *ABC* in einer Art Notenständer, ziemlich unbequem das Ganze übrigens.
Wir befinden uns im *Café Bauer*, Unter den Linden Ecke Friedrichstraße, soll heißen, im Zentrum Berlins.
Neben mir sitzt vielleicht ein Inder mit einem trauernden Blick, sein Kopf bandagiert, als ob er gerade aus dem *casa de socorro*[59] gekommen wäre, und liest den *Calcutta General Advertiser*, während mir gegenüber eine Frau sitzt, die wie eine Spanierin aussieht, aber Russin sein muss, um den *Birschewaja Wedomosti* bittet, und etwas weiter weg sitzt ein Türke mit Hakennase und heraustretenden Backenknochen und seine traurigen Augen verfolgen von rechts nach links die seltsamen Zeilen der *Sabah,* und hinter mir sitzt ein Herr, der in die Lektüre von *La Epoca* vertieft ist, wahrscheinlich ist es ein Rumäne. Vielleicht sieht man aber auch weder einen Rumänen noch jene Zeitung aus Bukarest, sondern einen Japaner, der die *Nishinippon Shimbun* durchblättert, oder einen Armenier, der vor einigen mit sehr seltsamen, halb griechischen, halb assyrischen Buchstaben bedruckten Zeitungsseiten sitzt, die aus einem Papier hergestellt sind, das nicht aus Armenien kommt, sondern aus Österreich oder Deutschland sein muss.
Im *Café Bauer* erhält man die wichtigsten Zeitungen der Welt und der Mann, der sie verteilt, kann uns viele Lektionen im Journalismus erteilen. Auf kastellanisch erhält man *ABC, Heraldo, El Imparcial, Blanco y Negro* und, aus Buenos Aires, *La Prensa*. Es gibt keinen Winkel der Welt, der nicht sein Zeitungsorgan im *Café Bauer* hätte. Im *Café Bauer* bleibt kein Ereignis unbemerkt, es mag sich noch so weit entfernt ereig-

---

59   Vorläufer eines Krankenhauses, speziell für Waisen und Arme.

nen und noch so unbedeutend sein. Wenn der Bürgermeister einer australischen Stadt zurücktritt, löst dies im *Café Bauer* Emotionen aus; wenn ein Journalist aus Teheran einen mitreißenden Artikel verfasst, in dem er für die Integrität des Vaterlands plädiert, wird es mit Sicherheit jemanden geben, der erschüttert sein wird. Man könnte sagen, dass das *Café Bauer* das Herz der Welt ist. Dort, bei einer Tasse Kaffee, fühlt man sich wie ein Weltbürger. Jegliche Sache, wo immer sie sich auch abspielen mag, findet ihr Echo im *Café Bauer.* Das Café steht mit dem gesamten Planeten in Verbindung.

Das *Café Bauer* beobachtet uns, Menschen der Öffentlichkeit aus Madrid und Chicago, Guadalajara und Yecaterinodaz[60], Paysandú und Coonabarabran, Alquileja und Macao, Fuching und der Insel Conanicut. Jedes Volk hat eine eingeschworene Gemeinschaft im *Café Bauer,* und diese Grüppchen, alle etwas eingebildet ob der Tatsache, in Berlin zu leben, kritisieren alles auf eine fürchterlich überhebliche Art und Weise.

Im *Café Bauer* kann man kuriose Experimente machen. Man kann zum Beispiel um eine schwedische Zeitung wie das *Stockholms Dagblatt* bitten. Nach einer kurzen Weile wird sich ein Herr nähern und dieser Herr wird einige seltsame Dinge sagen, die man nicht versteht, deren Inhalt aber leicht zu erraten sind:
— Verzeihen Sie, sind Sie Schwede?

Es gibt nämlich immer irgend ein Land, das eine Tasse Kaffee im *Café Bauer* trinkt und dafür eine Delegation, die aus einem seiner Kinder besteht, dorthin schickt. Durch das *Café Bauer* defiliert die ganze Welt wie in Madrid etwa über die *Puerta del Sol.*

---

60   Alle anderen Städte, die Camba erwähnt, gibt es tatsächlich, Yecaterinodaz offenbar nicht.

Kultur

Die Spanier kommen nach Deutschland, um weise zu werden. Viele von ihnen erlangen schon mittels eines einjährigen Aufenthalts hier die gesamte zu erlangende Weisheit. Deutsche Luft ist reine Wissenschaft. Es genügt, sie zu atmen, damit man, unbemerkt von den eigenen Sinnen, ernst und transzendental wird. Man kommt hier mit einer halben Unze Gehirn an und kehrt mit einem Ungetüm von Kopf nach Spanien zurück. Später, wenn einem der Verstand wieder abzumagern beginnt, muss man nichts weiter tun, als zurückzukehren. Es braucht 15 Tage oder einen Monat und man stellt seine Weisheit wieder her, wie man es sonst nur mit der Gesundheit tun könnte. Praktisch alle wichtigen spanischen Ärzte und Professoren machen diese Gehirnkur einmal pro Jahr.

Tatsächlich gibt es nirgends so dicke Bücher wie in Deutschland. Französische Bücher, abgesehen davon, dass sie kein Thema auf eine endgültige Weise behandeln, sind mit einer der Wissenschaft unwürdigen Leichtigkeit geschrieben. Dieser Bergson zum Beispiel, hat, dies lässt sich nicht leugnen, ein enormes Talent; aber am Ende ist und bleibt er Franzose und schreibt mit Witz und Leichtigkeit, und ein Philosoph darf nicht mit Witz und Leichtigkeit schreiben. Mag er sich auch wie ein eleganter junger Herr ankleiden, statt einen Gehrock mit Fettflecken zu tragen.

Momentan herrscht in Deutschland die deutsche Wissenschaft. Ich werde nicht müde, mich zu wiederholen: Mit einem Jackett oder französischer Kultur kann man in Spanien vielleicht Vorsitzender irgendwelcher *juegos florales*[61] werden. Aber um einen hohen Posten in der Finanzwirtschaft zu bekleiden, soll heißen, Finanzbeamter zu werden, muss man sich einen Gehrock und deutsche Kultur anziehen.

Als ich zum ersten Mal nach Deutschland kam, sagten mir meine Freunde:

— Sei vorsichtig. Nicht dass du uns als Weiser nach Spanien zurückkommst.

---

61   Spanisches Literaturfestival.

Ich lachte, aber später verstand ich, dass meine Freunde mit ihrer Warnung durchaus Recht hatten. Hunderte Male wollten Personen, die ich hier kennenlernte, unsere Gespräche in das Reich der reinen Wissenschaft erheben. Es hat mich eine Menge Arbeit gekostet, trivial und leicht zu sein und es zu bleiben, und nicht über die letzten Dinge zu sprechen. Oftmals wollten meine Gesprächspartner im Café zu einem Thema, das wir oberflächlich angesprochen hatten, sofort einen Band eines enzyklopädischen Wörterbuchs bestellen, um es von seinen Ursprüngen an studieren; hier gibt es nämlich neben der Tagespresse in jedem Café auch ein enzyklopädisches Lexikon. Der Kellner serviert den Kaffee, so wie man es gerne möchte: sowohl mit der babylonischen Geschichte als auch mit der Geschichte der Pharaonen. Ich trinke meinen Kaffee lediglich mit den Tagesnachrichten und die Kellner haben deshalb sehr wenig Respekt vor mir.

Wenn ich auch nicht vollkommen weise geworden bin in Deutschland, so hat mich das doch ein gutes Stück Arbeit gekostet. Kürzlich bemerkte ich jedoch an mir das Symptom, dass ich zu allen Dingen eine wissenschaftliche Betrachtungsweise anstellen wollte. Da fühlte ich eine große Beklommenheit in mir aufsteigen und ich verließ Deutschland. Ich wollte meine Leichtigkeit und Trivialität wiederherstellen, so wie die Ärzte und Professoren ihre Schwere und Wissenschaft. Es ist nämlich wichtig, auf sich zu achten.

Das romantische Spanien

— Sie sind also Spanier.
— Ja, mein Herr.
— Sehr erfreut. Und Spanier woher?
— Spanier aus Spanien, antworte ich bescheiden.

Unser Gesprächspartner muss die Möglichkeit eines Spaniers aus Spanien anerkennen. Ein Spanier aus Spanien ist tatsächlich ein Spanier. Dennoch waren alle Spanier, die ich gekannt habe, aus anderen Ländern: Argentinier, Chilenen, Honduraner … Sogar aus Rumänien!

— Die Rumänen sind also keine Spanier?, fragte mich eine Dame.

Ich antwortete, dass sie es nicht seien.

Also ich habe mit Spaniern von überallher Umgang gehabt, aber keiner war so spanisch wie ein Rumäne, den ich vor zwei oder drei Jahren kennenlernte.

Es gibt Spanier der Sprache nach und Spanier des Temperaments nach. Man kann mehr oder weniger Spanier sein, nicht weil man mehr oder weniger in Spanien geboren ist, sondern weil man mehr oder weniger dunkles Haar, mehr oder weniger feurige Augen hat oder mehr oder weniger wie ein Torero geht.

Leute aus allen Breiten kultivieren den spanischen Typus, genau wie man den englischen oder Pariser Typus kultiviert. Wenn man zu einem jungen Mädchen sagt, sie sei spanisch, muss das nicht unbedingt bedeuten, dass sie aus Spanien ist. Abgesehen von der politischen gibt es auch eine romantische Geografie, und in dieser ist Spanien das Land der Stiere und des Sherrys, des Flamenco und der Oper *Carmen,* der Mantillen und Nelken, der Autodafés und allem anderen: Es ist das Land der Sonne, des Weins, des Feuers und des Bluts. Wozu einem jungen Mädchen sagen, sie komme aus Rumänien? Rumänien existiert nur auf der politischen Landkarte. Wenn man sich als Rumänen bezeichnet, gibt man eine geopolitische Auskunft, die die Polizei vollkommen zufriedenstellt, die aber ein junges Mädchen niemals befriedigen wird. Und wer von Rumänien spricht, spricht von jedwedem Land, in dem die Menschen mehr oder weniger dunkelhäutig und leidenschaftlich sind.

Diese Leute bezeichnen sich häufig als Spanier. Man trifft hier auf Landsmänner von allen fünf Kontinenten. Im Herrschaftsgebiet des romantischen Spaniens geht die Sonne niemals unter.

Unter so vielen Spaniern so unterschiedlicher Herkunft bilden wir Spanier aus Spanien praktisch eine verschwindend kleine Minderheit. Alles, was an der romantischen Vorstellung über Spanien groß ist, ist in Bezug auf die territoriale Vorstellung sehr klein.

— Spanier? Ah, sehr schön, sehr schön, sagen die Leute. Aus Spanien? Aus Spanien haben Sie gesagt?

Und mit dem Namen *Spanien* beginnen die Irrungen und Wirrungen.

Wenn der Eiffelturm Berliner wäre

Nehmen wir einmal an, der Eiffelturm wäre eine Berliner Sehenswürdigkeit. In Wirklichkeit würde dieser Turm, der die ganze visuelle Harmonie von Paris kaputtmacht, perfekt nach Berlin passen. Ich kann es mir einfach nicht erklären, weshalb er in Paris und nicht in Berlin steht.

Ich kannte einen Franzosen, der ebenfalls ganz wie ein Deutscher wirkte. Er war in Paris geboren, seine Eltern, Großeltern, alle waren Franzosen, dennoch wirkte er wie ein Deutscher. In einigen chauvinistischen Zeitungen erregte er einiges Missfallen. Vergeblich sagte er, er komme aus der Gemeinde *Sulpice le Pieux*. Keiner schenkte ihm Glauben. So wie jener Freund von mir hat der Eiffelturm etwas Deutsches an sich.

Nehmen wir also an, der Eiffelturm wäre in Berlin, wo er eigentlich hätte ersonnen und gebaut werden müssen. Dieser Turm, der sich dann *Eiseneiffelturm* nennen würde, wäre der ganze Stolz der Stadt. Man würde hier von der Schönheit Paris' sprechen, von den Ausblicken auf die Seine, von den Sehenswürdigkeiten, die die Hauptstadt Frankreichs zieren … Man würde von Notre Dame, Cluny, der Sainte Chapelle, dem Louvre und den Tullerien sprechen. Aber, so würden die Berliner sagen, in Paris gibt es keinen Eiffelturm. Alles aus Eisen! 300 Meter hoch. Kolossal!

Man würde behaupten, dass die französischen Ingenieure nicht dazu in der Lage gewesen wären, einen Eiffelturm zu bauen. Technisch gesehen, würde man sagen, ist der Eiffelturm eine Meisterleistung. Aber künstlerisch betrachtet, wie wollen Sie diesen Turm aus Eisen, der keine Geschichte, keine Tradition, nichts dergleichen aufweisen kann, mit den edlen Gebäuden von Paris vergleichen? Sie wissen wohl nicht, welche Reminiszenzen schon allein irgendeine Hausecke eines alten Pariser Gebäudes auslöst?

All das ist zu alt und zu schmutzig, würden die Berliner antworten. Später würden sie einem mit der radiotelegrafischen Station und dem astronomischen Observatorium kommen.

— Kolossal! Kolossal!

Immer dieser deutsche Kolossalismus, würde man denken. *Le Matin* würde unentwegt vom Eiffelturm sprechen. »Der Eiffelturm und das Völkerschlachtdenkmal«, würde er sagen, »hier sehen wir den Genius unserer Nachbarn von jenseits des Rheins.« Und ich selbst würde über den Eiffelturm eine Reihe von Überlegungen anstellen, die bei den deutschen Lesern der *ABC* eine gewisse Empörung hervorrufen würden.

Es ist schade, es ist wirklich schade, dass der Eiffelturm nicht in Berlin steht. In Paris dient er zu nichts. Die Deutschen, die ihn so groß, so neu, so wissenschaftlich, so sehr aus Eisen, so deutsch sehen, können ihn aber den Franzosen nicht zum Vorwurf machen. Und die Franzosen, die seine Erbauer sind, können damit ebensowenig den Deutschen einen Vorwurf machen.

Ein Spektakel im Frühling

Auf dem Bürgersteig stehen drei, vier, fünf Personen, die in den Himmel schauen und lebhaft miteinander reden. Ihnen gegenüber bildet sich kurz darauf eine zweite Gruppe. Diese Gruppe vergrößert sich nach und nach. Es öffnen sich einige Fenster und Frauen in Hausröcken und Männer in Hausmänteln stecken ihre Köpfe hinaus. Alle haben die Nase in Richtung des Zenits gereckt. Ein paar Leute rufen anderen etwas zu. Die Kutscher halten ihre Pferde an, die *chauffeurs* ihre Automobile, die Radfahrer steigen von ihren Rädern, sogar die großen Umzugswagen stoppen ihre Fahrt. Augenblicklich belebt sich die Straße. Im Inneren des Cafés findet man keine Menschenseele mehr: Alle sind zur Tür und auf die Straße gelaufen, viele mit ihren Stühlen, um sich daraufzustellen, damit besser sehen können.

— Was ist denn da los?

— Gute Reise!

— Bravo!

Manche junge Mädchen werfen Handküsse in die Luft. Währenddessen manövriert ein Zeppelin langsam, ernst und feierlich durch den Himmel. Es ist ein Spektakel wie das der Elefanten im Zirkus. Es gefällt den Leuten, diese gigantische Masse zum Schmetterling werden zu sehen, der aufsteigt und absinkt und Bewegungen von solcher Würde am Himmel macht.

Langsam entfernt sich der Zeppelin. Die Fahrzeuge beginnen wieder weiterzufahren. Die Fenster schließen sich, die Cafébesucher nehmen ihre Plätze im Innern des Cafés wieder ein. Die Taschentücher sind wieder ordentlich zusammengefaltet und erneut in den geheimnisvollen Tiefen verschwunden, von wo sie für einen Moment hervorgekommen waren.

Aber der Zeppelin ist nicht vergebens vorbeigefahren. Er hat sich in den Köpfen wie ein ruhmvolles inneres Bild eingeprägt. Der Herr, der mir gegenüber seinen Kaffee trank, scheint jetzt noch deutscher zu sein als zuvor. Es scheint, als ob er jetzt noch stolzer als zuvor auf seinen teutonischen Kopf wäre, in dem jetzt keine Nachtigallen, sondern Zeppeline nisten. Und sogar der Kellner nimmt bei der Erfüllung seiner Pflichten eine stattliche, beinahe heroische Haltung an.

Die deutsche Kraft

Man fühlt sich in Deutschland winzig, mager und schwach. Um eine Tür zu öffnen, muss man sie mit dem ganzen Körper aufstoßen. Die Statuen, die die Gebäude schmücken, wollen nicht den Eindruck von Anmut oder Schönheit erwecken, sondern den von Kraft. Keine lächelnde Venus, stattdessen bärtige Herkulesse, die die Passanten von den Giebeln mit ihren gewaltigen Keulen bedrohen; schlechtgelaunte Atlasse, die die Welt auf ihren Schultern tragen und die Kofferträgern ähneln, an Elefantitis erkrankte Prometheuse, die versuchen, ihre Fesseln zu sprengen, indem sie ihre Muskeln anspannen … Im *Rhein-*

gold, einem Berliner Restaurant, wo es Gerichte für 75 Pfennige gibt, sind die Säle mit riesigen Skulpturen geschmückt, die Giganten und kriegerische Gottheiten darstellen. Die Gebäude sind schwer. Ebenso die Literatur. Und natürlich die Küche.

Die Kunstfertigkeit der Architektur bestand bei den Griechen und Römern darin, solide und widerstandsfähige Gebäude zu errichten, die grazil und leicht anmuten. Bei den Deutschen besteht sie darin, oberflächlichste Gebäude möglichst riesig und schwer aussehen zu lassen. Man ahmt riesige Granitblöcke mit Zement oder Kalk nach, und der Berliner Mieter lässt sich dazu herab, in ihnen zu wohnen, auch wenn er jeden Monat die Aufmerksamkeit des Vermieters auf neue Risse in der Wand lenken muss.

Deutschland ist von der Kraft besessen. Diese Besessenheit beeinflusst den neuesten Innenausstatter ebenso, wie sie Nietzsche, Treitschke oder General Bernhardi beeinflusst hat. Deutschland weiß außerdem, dass seine einzige Stärke in seiner Kraft liegt. Nicht in der Geschicklichkeit, nicht in der Anmut, nicht in der Diplomatie. In der Kraft. Nicht das Lächeln der Venus, sondern die Keule des Herkules. »Unsere diplomatischen Defizienzen«, sagen die Deutschen, »machen wir mit Kraft wieder wett.«

Und die Restauranttische mit ihren breiten und kräftigen Tischbeinen scheinen dazu gemacht zu sein, dass ganze Ochsen auf ihnen verschlungen werden. Es gibt Bierkrüge, in die fünf Liter passen. Man fühlt sich wie gesagt in Deutschland winzig, mager und schwach.

Wilmersdorf, Seehafen

Können Sie sich mitten in Berlin ein Schiff vorstellen, ein Schiff mit Rumpf, Masten, Schornsteinen und Segeln, mit Brücke und Besatzung?

— Warum nicht?, werden Sie sagen, die Spree führt doch viel Wasser.

Aber der Schiffsrumpf, von dem ich spreche, schwimmt nicht auf der Spree, sondern befindet sich in der Düsseldorfer

Straße, Gemeinde Wilmersdorf. Es ist eine Marineschule und es ist ein echtes Schiff. Es fehlt nichts, außer das Wasser.

Kürzlich an einem Nachmittag war es etwas windig und das Schiff hatte seine Segel gesetzt. Die Seeleute liefen vom Bug zum Heck und von Backbord nach Steuerbord, kletterten die beiden Masten hinauf und veranstalteten ein Riesengeschrei. Offensichtlich war die Situation schwierig, da der Wind immer heftiger wurde. Das Schiff, das in den Boden eingelassen war, konnte nicht hin- und herschwanken. Hätte es sich auf dem Meer befunden, es hätte zweifellos ein paar fürchterliche Sätze gemacht. Aber nun gut: Theoretisch schwamm das Schiff im Meer und die Besatzung glaubte sich in Gefahr. Deshalb das Laufen, die widersprüchlichen Befehle und das Geschrei, das sich an Bord abspielte. Zwei Offiziere ließen von einer sehr hohen Kommandobrücke herab durch Fernrohre hindurch den Blick über den Ozean neben dem Kurfürstendamm wandern.

— *De sang froid, de sang froid*[62] ... – hätte Tartarin gesagt.

So bereiten sich die Leute in der Düsseldorfer Straße vor, ozeanische Sturmtiefs zu beherrschen. Das sind die Vorteile der experimentellen Methode. Nautik nur aus Büchern zu lernen, genügt nicht, es ist notwendig, sich in der Düsseldorfer Straße einzuschiffen, sich wie ein Seemann auf ein Schiff zu begeben und sich dem Regime an Bord zu unterwerfen. Das Schiff verlassen sie als Männer, die für das Leben auf offener See wie geschaffen sind, mit diesem gewissen Etwas, das sie von uns, die wir auf dem Festland leben, so unterscheidet. Man muss sie in der U-Bahn sehen, ohne jegliche Hilfe stehen sie da, ohne sich an etwas festzuhalten, und sie behalten, zur allgemeinen Bewunderung, perfekt das Gleichgewicht. Sie haben das, was die Franzosen einen *pied marin* nennen.

Ich, der ich Seeluft aus gesundheitlichen Gründen atmen muss, gehe an vielen Nachmittagen in die Düsseldorfer Straße. Dort sehe ich das Schulschiff, seine Segel blähen sich im Wind, ich höre die kraftvollen Stimmen der Seeleute und spüre, wie sich meine Lungen mit der salzhaltigen Seeluft füllen.

---

62 Franz.: kaltblütig

Nicht nur die Franzosen, alle Welt ist ein wenig aus Ta-rascon[63].

Das Konversationslexikon

Das *Konversations-Lexikon* ist eine riesige Enzyklopädie, herausgegeben von Brockhaus. Darin steht alles über alles: die babylonische Kultur, der Nasenkatharr, die Geschichte der Textilindustrie, die Gebräuche der Papuas, Kartoffelanbau und Chiromantie, die Philosophie Kants und eine Ortsbeschreibung Valladolids. Alle Wissenschaften und Künste sind im *Brockhaus* enthalten, wie sich diese wundervolle Enzyklopädie in Kurzform nennt. Was tun, wenn man Zahnweh hat? Man nehme den Band mit z, suche das Wort *Zahn*, und man kann sich ausführlichst darüber informieren, was Zähne sind, warum sie schmerzen, warum die Menschen zu Zahnschmerzen Hundeschmerzen[64] sagen, welche berühmten Persönlichkeiten an Zahnschmerzen litten etc., etc. Bedroht Sie ein Freund mit Schlägen? Geschwind auf zum *Brockhaus*. Dort finden Sie die vollständige Theorie des Boxens und des Jiu Jitsu, samt Abbildungen, die zeigen, wie man sich verteidigen kann.

Der *Brockhaus* ist alles. Wenn Sie einen meiner gut recherchierten Artikel lesen, mit vielen Daten und Zahlen, sollten Sie weder meine Gelehrsamkeit noch meine journalistische Geschicklichkeit zu sehr bewundern. Wahrscheinlich habe ich mich einfach zuvor im *Brockhaus* informiert. Mit einem *Brockhaus* ist alle Welt weise. Wozu sollte man die Weisheit im Kopf haben, wenn man sie auch im *Brockhaus* haben kann? Kommt es nicht auf das Gleiche raus, ein paar Seiten des *Brockhaus* durchzublättern, um über die politische Lage Europas zu sprechen, anstatt sich den Hinterkopf zu kratzen?

---

63   Wohl eine Anspielung auf Alphonse Daudets aufschneiderischen Maulhelden Tartarin de Tarascon, der dauernd Täuschungen erliegt.
64   *Dolor de perro,* wörtlich »Hundeschmerz« sagt man in Spanien zu einem sehr starken Schmerz.

Das *Konversations-Lexikon* des Hauses Brockhaus ist beinahe hundert Jahre alt. Seit seiner ersten Ausgabe beschäftigt sich bis heute ein Heer von Gelehrten damit, es permanent zu aktualisieren und alle neuen Entdeckungen, jeden wissenschaftlichen und künstlerischen Fortschritt darin einzufügen. Diese Weisen verdienen knapp 4,50 Mark pro Tag. Das bedeutet, dass es uns Bildungsjournalisten, die wir uns vom *Brockhaus* ernähren, weitaus besser ergeht als denen, die ihn schreiben.

Manchmal habe ich Gewissensbisse. Es kommt mir vor, ich äße die Gehirnmasse der Brockhausredakteure. Deswegen bestelle ich niemals Hirn im Restaurant. Auch wenn die Karte sagt, es sei Kalbshirn, ich denke immer, es wäre Gelehrtenhirn.

Viele Cafés, Bierhallen, Restaurants und andere öffentliche Etablissements in Deutschland bieten ihrer Kundschaft die Dienste des hauseigenen *Brockhaus* an. Wenn an einem Stammtisch eine mehr oder weniger wissenschaftliche Diskussion geführt wird und man ein bestimmtes Datum sucht oder die Bedeutung eines Begriffs klären möchte, ruft man einfach den Kellner und bestellt einen *Brockhaus* bei ihm. Dasselbe macht man, wenn man nach Spanien schreiben muss. Damit die Leute sehen, dass man in Deutschland keine Zeit verschwendet.

Bewundernswerter *Brockhaus*! Taschensorbonne! Quelle, an der alle Völker dieser Erde ihren Wissensdurst stillen! Warum noch mehr Bücher veröffentlichen, wenn du schon alles beinhaltest? Und warum uns noch mehr Wissenschaft in den Schädel zwingen, wenn wir uns, in Wochen- oder Monatsraten zahlbar, die gesamte Wissenschaft kaufen und uns in ein Regal stellen können?

Die Virtuosen

Jeden Tag veranstaltet man in Berlin sechs, sieben, acht Klassikkonzerte. Virtuosen aus aller Welt verbringen hier ein, zwei oder so viele Jahre wie nötig. Sie sparen Geld, kommen nach

Berlin, mieten eine Örtlichkeit, zeigen dann ihre Fähigkeiten vor einem knappen Dutzend Personen und kehren dann dorthin zurück, von wo sie hergekommen sind. In einem ausgestorbenen Berliner Saal auf einer Geige herumzukratzen oder auf ein Klavier einzuschlagen, scheint von außerordentlicher Wichtigkeit zu sein.

Zweifellos gibt es in Berlin ein größeres Publikum für Konzerte als in Madrid zum Beispiel. In Madrid gibt es für Konzerte kein Publikum, weil es keine Konzerte gibt und weil man bei den wenigen, die es gibt, Eintritt zahlen muss.

Wenn hier ein Unternehmer davon Kenntnis bekommt, dass ein Herr Musikliebhaber ist, überschwemmt er ihn mit Konzertkarten, und ist dazu in der Lage, ihn auf den Kopf zu küssen, damit er sie auch verwende und die Virtuosen nicht vor leeren Reihen spielen müssen. Das ist der Hauptgrund, warum es in Berlin so viele Konzerte gibt. Man ist Konzertliebhaber, weil das zum guten Ton gehört. Es gibt Konzertliebhaber, die lieber in den Zirkus gehen würden. Aber solange sie das Schicksal nicht erhört, müssen sie weiterhin Bach und Beethoven hören. Auf lange Sicht wird dieses Publikum aus Konzertkartenschmarotzern tatsächlich etwas von Musik verstehen.

Dann gibt es die Musikkritiker. Es sind seriöse, imposante Menschen mit Brillen und einer erwähnenswerten Besonderheit: Sie sind zugleich kahlköpfig und haben lange Mähnen. Diese Menschen hören gewöhnlich nur den ersten Teil eines Konzerts. Zur Pause verlassen sie das Konzert, normalerweise mit einem sehr empörten Gesichtsausdruck, um ein halbes Dutzend despektierliche Zeilen über das zu schreiben, was sie gerade gehört haben. Für dieses halbe Dutzend Zeilen haben die Virtuosen ihre gesamten Ersparnisse ausgegeben und sind nach Berlin gekommen.

Ich ging zu einer Zeit, in der ich etwas knapp bei Kasse war, sehr gerne zu Konzerten. Aber das ist Vergangenheit. Ich bevorzuge einen Gaukler, der mit Zelluloidbällen jongliert oder Kartentricks macht, anstatt mir diese schlechtfrisierten Menschen anzutun, die mit der *Pastorale* Taschenspielereien vorführen wollen. Ansonsten werden diese Menschen früher oder später all ihre Tugend und ihr Haar verlieren und in Strandcasinos und Nachtcafés Walzer und Tangos spielen. Ein Kubelick wurde nur einmal geboren, ein Paderewsky ebenso. Glücklicherweise.

Der Chronist und die Köchin

Eine Madrilenische Zeitung hat neulich gegen das exzessive Vorkommen von deutschen Wörtern in meinen Artikeln protestiert. Selbstverständlich werden die deutschen Wörter nicht dazu beitragen, mir einen Ruf als liebenswerter, unterhaltsamer und netter Schriftsteller zu bescheren. Dem Leser, der sie in meiner bescheidenen Prosa findet, müssen sie wie ein Knochen in einem Stück Fleisch vorkommen, das er gerade in den Mund geführt hat. Deutsche Wörter sind etwas Hartes und es ist schwierig, sie abzunagen. Ein Journalist setzt sich der Gefahr aus, seine Leserschaft zu verlieren und aus seiner Zeitung geworfen zu werden, wenn er missbräuchlich viele deutsche Wörter verwendet, so wie man Köchinnen herauswirft, die Meeresfrüchte mit Sand servieren. Deutsche Wörter können Unannehmlichkeiten bescheren und mir auf einen Schlag meine gesamte Zukunft zerstören. Die Wahrheit ist, dass ich sie immer mit Vorsicht behandelt habe.

Bei genauerem Hinsehen verwende ich in meinen Artikeln nur wenige deutsche Worte. Aber jedes deutsche Wort wirkt wie 20 Wörter. Ich gebe sie naturgetreu wieder, damit die Leser ihre Proportionen bewundern können. Ich möchte mit ihnen einen rein visuellen Effekt erzielen und ich käme nie auf den Gedanken, dass das Publikum sie verstünde. Ich rate dem Leser, wenn er vor einem deutschen Wort steht, sich ein wenig von ihm zu entfernen, sich einen guten Aussichtspunkt zu suchen und die Augen halb zu schließen. So kann man ihre ganze Größe schätzen lernen. Würde der Leser die deutschen Wörter in Frakturschrift gedruckt sehen, wie sie hier alle Zeitungen verwenden, würde er dieses k sehen, das wie eine Lanze mit Fähnchen an der Spitze aussieht, ein E, das wie ein gespannter Bogen aussieht, diese Reihen von ss, tänzelnden Pferden ähnlich, er könnte dann von sich behaupten, ein grandioses Schauspiel mitangesehen zu haben.

Bedauerlicherweise mangelt es den lateinischen Buchstaben an dieser mittelalterlichen Majestät. Ein deutsches Wort mit lateinischen Buchstaben geschrieben ist wie eine Statue des Großen Kurfürsten, der Sommerjackett und Melone trägt.

Andere Gründe, die mich dazu verleiten, deutsche Wörter zu verwenden, sind rein egoistische, ich glaube dies schon ausführlich an anderer Stelle ausgeführt zu haben: Da die deutschen Wörter so lang sind, reicht es aus, einige von ihnen lediglich abzuschreiben, um schon die Hälfte eines Artikels fertig geschrieben zu haben.

Aber ich werde das nicht ausnützen. Das Publikum ist ordinär und oberflächlich. Ich möchte, dass es die Dinge auf eine schnelle, einfache, nette Weise versteht, ohne deutsche Wörter.

Der einsame Nietzsche

Elisabeth Förster Nietzsche, Nietzsches Schwester, hat gerade ein Buch mit dem Titel *Der einsame Nietzsche* veröffentlicht. Das Buch wurde in Leipzig von Alfred Kröner herausgegeben. Es ist ein Buch voller Mitleid und Zärtlichkeit, ein Denkmal geschwisterlicher Liebe, wie ein Kritiker schrieb.

Nietzsche! Sein Genie wird von vielen für ein romanisches und mediterranes gehalten. Für mich gibt es dagegen keinen anderen Schriftsteller, der mehr das vertritt, was man *Deutschlandismus* nennen könnte. Seine Philosophie ist die dieses starken, großen, gesunden und jungen Volkes, das so viel Appetit hat. Jeder Deutsche ist Nietzscheaner, auch wenn er noch nie ein Wort von ihm gelesen hat. Er ist es organischerweise, sein Gewicht, seine Statur, seine Muskeln, sein Magen machen ihn zu einem.

Wenn ein Deutscher die Straße entlanggeht – ein typischer Deutscher – scheint er die Maxime Nietzsches zu verkörpern: »Die Schwachen und Missratenen sollen zugrunde gehen.« Und wenn die Schwachen nicht aus dem Weg gehen, gehen sie unter. »Die Schwachen und Missratenen sollen zugrunde gehen: erster Satz unsrer Menschenliebe …« Ich kann das nicht lesen, ohne mir ein deutsches marschierendes Heer vorzustellen. Jedes Heer ist ein wenig nietzscheanisch, so wie jedes Heer ein wenig deutsch ist. Aber das deutsche Heer ist besonders nietzscheanisch.

Ich erinnere mich sehr gut, wie die nietzscheanische Philosophie in Madrid angekommen ist. Sie kam an zwischen Bier und fermentiertem Kohl, die ihr als *hors d'oeuvre* dienten. Sie kam an in Madrid, aus zweiter Hand übersetzt, der Band für eine Pesete, mit einem sehr schnurrbärtigen Nietzsche auf dem Buchdeckel. Man konsumierte seine Philosophie in ein paar Bierhäusern, zusammen mit dem schon erwähnten Kohl und Bier. Sie hatte Erfolg, weil sie neu war, weil sie snobistisch war. Sie hatte einen rein intellektuellen Erfolg, der bald wieder zu einem Ende kam. Um Nietzscheaner zu sein, waren wir alle zu schlecht ernährt. Dafür besaßen wir weder das Gewicht noch die Statur.

Aber nicht so in Deutschland. Der Deutsche ist auf physische Weise nietzscheanisch, so wie es der Kater im Vergleich zur Maus ist. Die Moral seiner Muskeln, seine physische Moral, ist rein nietzscheanisch, und das Genie Nietzsches ist ein echt deutsches Produkt: *Made in Germany.*

Schon die Sprache Nietzsches ist so deutsch, dass sie sich nur mit dem Deutsch Luthers vergleichen lässt, von dem sie nicht nur die Kraft, sondern auch die Form hat.

Ein *caudillo* in den Wolken

Am 24. Juli 1870 wurden fünf deutsche Offiziere und sieben Soldaten der Kavallerie in französisches Gebiet geschickt, um dort etwas auszukundschaften. Nur wenige Stunden zuvor hatte man Frankreich den Krieg erklärt und das deutsche Heer war bislang noch nicht auf französisches Territorium vorgerückt. In den französischen Reihen verbreitete sich die Nachricht über die kleine deutsche Invasion wie ein Lauffeuer. Schnell wurden neue Befehle erteilt.

Man sollte sich der 12 Eindringlinge schnellstens bemächtigen, tot oder lebendig. Von allen Seiten verfolgt, ergriffen die Deutschen die Flucht. Der Leutnant Winsloe fiel tödlich getroffen von seinem Pferd. Er war das erste Opfer des großen Feldzugs. Drei weitere Offiziere und sieben Soldaten mussten sich, vom Feind umzingelt, der zahlenmäßigen Übermacht ergeben. Nur ein Offizier konnte sich retten. Im vollen Galopp wurde sein Pferd von der Lanze eines französischen Reiters verletzt. Der deutsche Offizier versetzte seinem Feind einen Säbelhieb, stahl ihm den Sattel und kehrte mit all den Informationen nach Deutschland zurück, die seine Vorgesetzten benötigten.

Jener Offizier war Graf Zeppelin. Zeppelin hatte schon Jahre zuvor im amerikanischen Sezessionskrieg gekämpft. Eines Tages wollte die *United States Army* die gegnerischen Truppenbewegungen mithilfe eines beschlagnahmten Ballons ausspionieren, Zeppelin stieg in die Luft auf. Und aus diesem beschlagnahmten Ballon wurden die riesigen steuerbaren Luftschiffe geboren, die Deutschland so viel Vertrauen und Stolz einflößen.

Im Jahr 1892, nachdem er sich im Range eines Generals der Kavallerie aus dem Militärdienst zurückgezogen hatte, widmete sich Zeppelin ganz der Luftschifffahrt. »Ich möchte ein Luftschiff bauen«, sagte er damals, ich übersetze beinahe wörtlich, »mit dem es möglich ist, an Orte zu reisen, die man weder zu Wasser noch zu Lande erreichen kann. Mein lenkbarer Ballon muss dazu in der Lage sein, mehrere Tage reisen zu können, ohne dass es dazu notwendig ist, die Gas- oder Proviantvorräte zu erneuern, er muss schnell und sicher sein und man muss ihn einfach auf- und absteigen lassen können.«

Diese Worte erregten in ganz Deutschland große Heiterkeit. Graf Zeppelin tauchte plötzlich in Spottliedern auf, lange Zeit war er das bevorzugte Thema von Kabarettisten und Theaterblättern. Nannte man jemanden verrückt, sagte man »Zeppelin« zu ihm. Wenn ihn dennoch manche für einen vernünftigen Menschen hielten, bezog sich das lediglich auf seine finanziellen Forderungen. Zeppelin bringe es fertig, selbst für seinen Schatten noch Gelder zu beantragen. Er wollte Geld, um einen Ballon zu bauen und wollte die Leute von seinem Vorhaben überzeugen. Müde der ständigen Absagen, die er in seiner Heimat erhielt, wandte er sich an einen amerikanischen Millionär, Besitzer mehrerer Zeitungen. Er erbat sich 10 000 Mark für sein Vorhaben.

— Crazy!, dachte der Yankee.

Doch selbst ihm erschien Zeppelin zu traumtänzerisch. Zeppelin investierte daraufhin sein gesamtes Privatvermögen und das seiner Familie in den Bau verschiedener Modelle. Aber die Praxis wollte der Theorie nicht gehorchen und die Lenkballone wollten einfach nicht fliegen. Einer von ihnen explodierte. Dies hatte zur Folge, dass man in Berlin im Stil eines *cakewalk*[65] die folgenden Zeilen sang:

> Zeppelin, du hast ein Luftschiff gebaut,
> Und es ist explodiert,
> Und du bist blamiert.[66]

Aber der frühere Offizier, der sich zu Beginn des deutsch-französischen Krieges einen Weg durch die feindlichen Reihen bahnen konnte, war niemand, der so schnell aufgab.

Im Sommer 1907 erschien der *Zeppelin III* am Himmel, riesig, sicher und herrlich. Die Deutschen sahen ihn durch die Lüfte steuern und trauten ihren eigenen Augen nicht. Dieser Zeppelin unternahm sechs Flüge, von denen der letzte acht Stunden dauerte und bei dem das Luftschiff mehr als 200 Meilen zurücklegte. Zeppelin war also doch nicht verrückt. Wer hätte das jemals zu behaupten gewagt? Weit davon entfernt, verrückt zu sein, besaß er das visionärste Gehirn Deutschlands. Er begann, sich mit Galileo und anderen Männern der Wissenschaft zu vergleichen, die in ihrer Zeit ebenfalls für verrückt gehalten wurden. Zeppelin wurde auf einmal zum Inhalt fröhlicher Lieder, um dann schließlich in vaterländischen Hymnen besungen zu werden. Aus dem Zeitungsbericht ging er ins Heldengedicht über, seine Karikatur verwandelte sich in

---

65 Amerikanischer Tanz.
66 Im Original deutsch.

apologetische Bronze- und Marmorporträts mit Lorbeerkranz. Man sprach nur noch über Zeppelin. Man begann, Krawattennadeln in Luftschiffform zu verkaufen, Taschentücher mit einem Zeppelinmotiv und man konnte sogar in Restaurants Gerichte »à la Zeppelin« bestellen. Graf Zeppelin hatte die Hände auf einmal voller Geld. Der Staat kaufte ihm nicht nur den *Zeppelin III* ab, er gab ihm darüber hinaus 120 000 Mark für seine Forschungen. Der Reichstag verabschiedete ein Gesetz zur Gründung einer Lotterie, die für weitere Geldmittel sorgen sollte. Ein delirierender Enthusiasmus und zunehmender Patriotismus griffen um sich. Die gesamte Welt würde in naher Zukunft erobert sein. Der Mond – im deutschen Besitz. Ein Markt auf der Sonne für deutsche Knopffabrikanten. Deutschland über alles! Ein Jahr später, als sich die Katastrophe des *Zeppelin IV* ereignete, sammelte Deutschland in sechs Wochen sechs Millionen Mark ein, eine Million pro Woche, die man Graf Zeppelin gab, damit er weitermachen konnte. Heute wird in der Werft in Friedrichshafen am Bodensee – der halb zu Deutschland und halb zur Schweiz gehört und der den Stoff für eine Unzahl von dichterischen Idyllen geliefert hat – in weniger als einem Monat ein Zeppelin der größten Baureihe hergestellt.

Der Kaiser von morgen

Wer ist dieses dünne Männchen, lächelnd und großnasig, das in gemächlichem Trab durch den Tiergarten reitet? Dieser kleine Mann ist das Idol des deutschen Heers und die Hoffnung aller Pangermanen. Er heißt Friedrich Wilhelm von Hohenzollern, und wenn der Kaiser stirbt, wird er dessen Thron besteigen. Sein öffentliches Auftreten steht in völligem Gegensatz zu seiner Statur. Der kleine Kronprinz spricht über nichts anderes als die Aufgaben der Kavallerie und über Schlachten und Kriege. Läse man sein Jagdtagebuch, man würde ihn für einen Menschen von herkuleischen Ausmaßen halten: »Ich werde keine Romane schreiben«, sagt er, »Zügel, Wanderstock und Gewehr sind mir gefügigere Instrumente als die Schreibfeder …« Man sieht ihn während eines militärischen Manövers über einen imaginären Feind hinwegpreschen und hört ihn ausrufen:

— Wie schade, dass es kein echter Feind ist!

Der Kronprinz ist der größte Feind des Pazifismus, denn der ist in seinen Augen antideutsch. Für Deutschland sei es nicht zeitgemäß, sich zurückzulehnen und lediglich dabei zuzuschauen, was die anderen Völker tun und lassen. Der jetzige Kaiser hat mit all seiner Kraft zur wirtschaftlichen Fortentwicklung Deutschlands beigetragen. Der Kronprinz aber sagt, dass ein Land zum guten Gedeihen des Handels sicherlich Frieden benötigt, aber nicht einen Frieden um jeden Preis, und dass die alleinige Vorherrschaft der wirtschaftlichen Interessen über alle anderen den sicheren Ruin eines Landes bedeute. »Man muss stets dazu bereit sein, das Schwert zu erheben«, sagt der Kronprinz.

Was glauben Sie? Glauben Sie, dass dieses dünne Männchen nur ein Dahergelaufener sei? Dass er, nur weil ihm im Gegensatz zu seinem Vater eine breite Brust und ein gezwirbelter Schnurrbart fehlen, keinen Mumm in seinen Knochen hat? Donnerwetter!

Paul Liman, ein ausgesprochener Nationalist, hat gerade ein Buch über den Kronprinzen veröffentlicht: 300 Seiten, und jede einzelne davon ist eine Apologie. Abgesehen von diesem Buch hat Liman nur ein einziges anderes veröffentlicht: ein Buch gegen den Kaiser … Liman war einer derjenigen, die Bismarck bis ins Unglück zur Seite standen. Seit zwanzig Jahren macht er Politik gegen den Kaiser, der ihm zufolge lediglich viel redet, aber nur sehr wenig handelt. Der Kronprinz seinerseits denkt genauso. In einem Brief an Liman schreibt er: »Sie messen meiner Zustimmung und meiner Kritik zu wenig Wert bei; wenn mir eine Sache jedoch wirklich gefällt, sage ich dies ohne Umschweife.« In ihm vereint sich der Verleumder des Vaters und der Apologet des Sohnes in einer Person.

Vater und Sohn haben sich nie gut miteinander verstanden. Als für den Kronprinzen der Tag gekommen war, sich eine Frau zu suchen, mit der er eines Tages den kaiserlichen Thron besteigen würde, folgte er nicht der Staatsräson, zu der ihm sein Vater riet, sondern der Neigung seines Herzens. Er heiratete, ganz der Romantiker, der er war, aus Liebe, wie ein Bauer oder Dichter, und seitdem war die Beziehung zwischen Vater und Sohn noch mehr abgekühlt. Zwei Jahre später begann Maximilian Harden in seiner Zeitschrift *Die Zukunft* eine große Kampagne gegen die *entourage* des Kaisers. Es schien, dass irgendetwas faul war in dieser *entourage*. Der Prinz von Eulenburg, ein enger Freund des Kaisers und der General Graf Kuno von Moltke kamen bei den Attacken Hardens nicht gut weg. Aber der Kaiser las *Die Zukunft* nicht. Der gesamte Kaiserhof wollte einen Skandal vermeiden. Es war der Kronprinz selbst, der seinem Vater die Seiten der *Zukunft* unter die Nase hielt und so die Vertreibung Eulenburgs und Moltkes veranlasste.

Danach ereignete sich der Vorfall von Agadir und das Abkommen mit Frankreich wurde beschlossen. Die Nationalisten waren sehr verstimmt. Die Haltung der Regierung angesichts der Intervention Englands wurde als Demütigung empfunden. Die Partei der Konservativen wollte das Heer und die Marine mobilisieren. Heydebrand, der Chef der Konservativen, der »ungekrönte König von Preußen«, wie ihn manche nennen, sprach im Reichstag, und nachdem er in seiner Rede etwas sehr Drastisches gesagt hatte, sah man in der kaiserlichen Loge einen Husarenoffizier auf furchteinflößende Weise applaudieren. Dieser Offizier war der Kronprinz und sein Applaus war direkt gegen seinen eigenen Vater gerichtet.

— Das lässt unser Herz aufgehen! Nach zwanzig Jahren voller Zweifel!, schrien die Nationalisten.

— Lasst uns Deutschland demokratisieren, sagten die Sozialisten, bevor dieser gefährliche Mann den Thron besteigt.

Der Reichskanzler antwortete Heydebrand, dass er einem Krieger gleiche, der seine Waffen im Munde führe. Dies war nicht nur gegen Heydebrand gerichtet, sondern auch gegen den Kronprinzen, der eigens aus Danzig gekommen war, um mit seinem Gebärdenspiel Heydebrand zu unterstützen.

Dann ereignete sich die Sache von Zabern. In dem Konflikt zwischen zivilen und militärischen Kräften stellte sich der Kronprinz auf die Seite des Militärs, vergiftete die Gemüter und widersprach erneut seinem Vater. Und als letzten Akt des Ungehorsams erinnern wir uns an den Kronprinz, wie er einen argentinischen Tango tanzt, den zu tanzen ihm sein Vater streng untersagt hatte, so wie man einen revolutionären Tanz und eine subversive *carmagnole* verbietet.

Paul Limans Buch hat die Rivalität zwischen Vater und Sohn, zwischen dem Kaiser von heute und dem von morgen nur noch verstärkt und ihr einen politischen Charakter gegeben. Man könnte sagen, der Kronprinz ist kein Erbfolger, sondern ein Thronanwärter, ein Mann, der den Thron erobern will, um die Ideen einer Partei in die Tat umzusetzen.

Es gibt Personen, die Angst davor haben, dass der Kronprinz Kaiser wird, und es gibt Personen, die seinen Aufsässigkeiten nicht die geringste Beachtung schenken und sie als jugendliche Hirngespinste abtun. »Der heutige Kaiser war auch so, als er den Thron bestieg«, sagen Letztere. »Die Nerven des Kronprinzen werden sich schon irgendwann beruhigen.«

Der Deutsche Flottenverein

Vor meinen Augen habe ich ein Porträt des Admirals von Koester, der sich mit all seinen Orden und einem Seefernrohr hat fotografieren lassen. Von Koester ist siebzig Jahre alt. Er ist immer noch sehr kräftig. Die frische Luft des Deutschen Flottenvereins tut ihm sehr gut.

Der Deutsche Flottenverein hat diese deutsche akademische Nation in eine Seemacht verwandelt. Seine Mitgliederzahl beläuft sich auf 1 250 000. Er hat 3500 Zweigstellen, über ganz Deutschland verteilt. Er verfügt über feurige Redner – ich weiß nicht genau wie viele –, zwanzig Kinematografen und eine Zeitung, *Die Flotte*, die eine Auflage von 360 000 Exemplaren hat. Außerdem gibt der Verein viele Flugblätter heraus: *Unser Feind England, Der nahe bevorstehende Krieg, Das niederträchtige Albion*[67] ...

---

67 Antikisierender Name für England.

Wenn die bayrischen Bergbewohner und die Bauern der Rheinufer, ebenso die ostpreußischen Arbeiter und die westfälischen Handwerker ihre Liebe zum Meer entdeckt haben, ist das allein der Flottenpropaganda zu verdanken. Ihre Redner besingen zu jeder Tages- und Nachtzeit die tiefe Seele des Ozeans und erläutern die Notwendigkeit, Geld einzusammeln, um ihn zu beherrschen. Ihre kinematografischen Apparate projizieren vor den neugierigen Pupillen des Inlandbewohners maritime Morgendämmerungen, Sonnenuntergänge, Idyllen mit Fischern und Fischerinnen, die sich zwischen Krebsen und Seehechten lieben, Stürme und friedliche Meere, die fast immer von Mondlicht versilbert sind, vom Wind aufgeblähte weiße Segel, fahrende Boote und nicht zuletzt Kriegsschiffe. Dies alles führte dazu, dass die deutsche Marine 1898 120 Millionen Mark, letztes Jahr 467 Millionen Mark an Ausgaben verbuchte.

Während der Sommerferien transportiert die Flotte tausende Kinder in Hafenstädte und zu Marinewerften, damit diese sehen, wie die deutsche Seeflotte aufgebaut wird, und damit sie als Apostel der heiligen Sache in ihre beschaulichen Dörfchen im Landesinneren zurückkehren.

Der Deutsche Flottenverein erhält jährlich 3 500 000 Mark von ungefähr einer Million Mitgliedern, außerdem 140 000 Mark durch Werbeeinnahmen von *Die Flotte*, in der alle Schiffs- und Kanonenbauer inserieren, deren gute Auftragslage zum größten Teil dem Deutschen Flottenverein geschuldet ist.

Von Koester ist nicht nur Präsident, sondern auch Seele und Genius des Deutschen Flottenvereins. Er wurde vor 70 Jahren in Mecklenburg geboren, am Rande des stürmischen Baltikums. Er selbst nennt sich der Erzieher der deutschen Flotte. Er ist einer der bevorzugten Männer des Kaisers.

Ludwig III. von Bayern

Ich könnte hier an dieser Stelle die gesamte Geschichte der bayrischen Könige erzählen. Der erste war Maximilian, von

Napoleon zum König ernannt. Der zweite, Ludwig I., hatte zwei brennende Leidenschaften: Griechenland und Lola Montez. Gleichermaßen aus Liebe zu Griechenland wie zu Lola Montez bebaute Ludwig München mit hellenistischen Gebäuden. Er war Künstler und Mäzen. Lola Montez kostete ihn die Krone und einen Haufen Geld.

Ludwig dem Ersten folgte Maximilian II. auf den Thron. Später kamen Ludwig II. und Otto, beide in hohem Maße geistig verwirrt. Wer kennt nicht den genialen Wahnsinn Ludwig II., seine Freundschaft mit Wagner und seinen geheimnisvollen Tod, ertrunken im Starnberger See? Der Wahnsinn von Otto ist viel trauriger, viel weniger strahlend und literarisch. Als man ihn über die Änderung der bayrischen Verfassung, seine Amtsenthebung und die Ernennung des Prinzregenten zum König benachrichtigen musste, näherten sich ihm, hinter einem Gitter verschanzt, einige pompös uniformierte Personen und begannen, ihm ein paar Schriftrollen vorzulesen. Otto begann, auf allen Vieren zu gehen und zu bellen. Es war nicht möglich, ihm den Inhalt der Dokumente vorzutragen. Die Kommission verließ das Schloss. Jeder von ihnen sah ein, dass ihre Mission ein wenig lächerlich war.

Der neue König von Bayern, Ludwig III., ist knapp 70 Jahre alt. Er ist ein dicklicher, bärtiger und ungemein leutseliger Bayer. Man muss ihn sich in einem Brauhaus vorstellen, wie er Würstchen isst und Bier trinkt, eine ungeheuerliche Pfeife raucht und die Kellnerin duzt. Ich habe ihn nur einmal im Lichtspielhaus gesehen, unter anderen deutschen Prinzen, die alle sehr kräftig, hochnäsig und militärisch waren. Er war damals Prinzregent mit bürgerlichem Bart und patriarchalischem Bauch und er machte nicht gerade den schillerndsten Eindruck von allen. Jedoch gehörte er zu den Wenigen, die schon einmal an einer Schlacht teilgenommen hatten, er war noch ein 66er-Kämpfer. Damals nannte er sich noch Ludwig von Wittelsbach und Bayern kämpfte an der Seite Österreichs. In dieser Schlacht wurde der heutige König von Bayern verletzt, und zwar von einer preußischen Kugel. Seltsam, nicht? Aber es kommt noch besser. Diese Kugel hat man Ludwig von Wittelsbach niemals entfernen können. Der

König von Bayern trägt noch heute preußisches Blei in seinem Körper herum.

Wenn ich davon spreche, kommt mir eine andere Anekdote in den Sinn. Während der Krönung des Zaren in Moskau erhob jemand zu Ehren des Prinzen Heinrich, Bruder des Kaisers von Deutschland, sein Glas und sagte: »Auf sein Gefolge!« Ludwig von Bayern stand entrüstet auf:

— Ich gehöre dem Gefolge von niemandem an, sagte er. Die deutschen Prinzen sind keine Vasallen des Kaisers, sondern seine Verbündeten und ihm ebenbürtig.

Man hüte sich davor, daraus zu schließen, dass Ludwig III. ein Rebell sei, nichts ferner als das. Seine politischen Ambitionen bestehen gegenwärtig darin, die Beziehungen Bayerns mit dem Rest von Deutschland durch ein Netz von Wasserwegen auszubauen. Dieser König, der ein zweiter Gambrinus[68] zu sein scheint, ist in Wirklichkeit vollkommen hydraulisch. Wer weiß, ob nicht auch einmal eines Tages Señor Gasset König sein wird!

Zu dem Vorfall von Moskau muss angemerkt werden, dass Bayern der deutsche Staat ist, der am meisten um seine Unabhängigkeit besorgt ist. Sein Heer ist unabhängig. Der Kaiser darf es lediglich inspizieren, aber dies nur in Absprache mit dem König. Außerdem hat Bayern spezielle Repräsentanten in Berlin, in Dresden, in Paris, in Wien, in Rom, in Sankt Petersburg, und in Rom hat es eine Vertretung beim König und beim Papst.

Ludwig III. sei herzlich willkommen auf dem bayrischen Thron, dieser riesige, bärtige, dicke und patriarchalische Ludwig III., auf dass er so viele Jahre wie sein Vater lebe, Prinzregent Leopold, der noch mit 90 Jahren im Münchner Umland auf Rabenjagd ging.

---

68 Sagenhafter König, dem die Erfindung des Bierbrauens nachgesagt wird.

Inhalt